OVELHAS NEGRAS
(De 1962 a1995)

Caio Fernando Abreu

OVELHAS NEGRAS
(De 1962 a1995)

www.lpm.com.br

L&PM POCKET

Coleção **L&PM** Pocket, vol. 283

Capa: Ivan Pinheiro Machado
Revisão: Renato Deitos e Jó Saldanha
Produção: L&PM Editores

ISBN 85.254.1186-8

A162o Abreu, Caio Fernando, 1948-1996
Ovelhas negras / Caio Fernando Abreu. -- Porto Alegre: L&PM, 2002.
240 p. ; 17 cm -- (Coleção L&PM Pocket)

1. Ficção brasileira-Contos. I. Título. II. Série.

CDD 869.931
CDU 869.0(81)-34

Catalogação elaborada por Izabel A. Merlo, CRB 10/329

Porto Alegre: Rua Comendador Coruja, 314, loja 9 - 90220-180
Floresta - RS / Fone: (0xx51) 3225.5777
informações e pedidos: info@lpm.com.br
www.lpm.com.br

Impresso no Brasil
2002

Introdução

Nunca pertenci àquele tipo histérico de escritor que rasga e joga fora. Ao contrário, guardo sempre as várias versões de um texto, da frase em guardanapo de bar à impressão no computador. Será falta de rigor? Pouco me importa. Graças a essa obsessão foi que nasceu *Ovelhas negras*, livro que se fez por si durante 33 anos. De 1962 até 1995, dos 14 aos 46 anos, da fronteira com a Argentina à Europa.

Não consigo senti-lo – embora talvez venha a ser acusado disso, pois escritores brasileiros geralmente são *acusados*, não *criticados* – como reles *fundo-de-gaveta*, mas sim como uma espécie de autobiografia ficcional, uma seleta de textos que acabaram ficando fora de livros individuais. Alguns, proibidos pela censura militarista; outros, por mim mesmo, que os condenei por obscenos, cruéis, jovens, herméticos, etc.; outros ainda simplesmente não se enquadram na unidade temática ou/e formal que sempre ambicionei em meus livros de contos. Eram e são textos marginais, bastardos, deserdados. Ervas daninhas, talvez, que foi aliás um dos títulos que imaginei.

Foram às vezes publicados em antologias, revistas, jornais, edições alternativas. Mas grande parte é de inéditos relegados a empoeiradas pastas dispersas por várias cidades, e que só agora – como pastor eficiente que me pretendo – consegui reunir. Cada conto tem seu "o conto do conto", freqüentemente mais maluco que o próprio, e essas histórias também entram em forma de miniprefácios. A ordem é quase cronológica, mas não rigorosa: alguns tinham a mesma alma, embora de tempos diversos, e foram agrupados na mesma, digamos, enfermaria.

Eram cerca de seiscentas páginas e cem textos, material para uns três rebanhos... O que ficou foi o que me pareceu "melhor", mas esse "melhor" por vezes é o "pior" – como a arqueológica novela *A maldição dos Saint-Marie*, melodrama escrito aos quatorze anos. Claro: há autocomplacências, vanguardismos, juvenílias, delírios lisérgicos, peças-de-museu. Mas jamais o assumiria se, como às minhas outras ovelhas brancas publicadas, não fosse eu capaz de defendê-lo com unhas e dentes contra os lobos maus do bom-gostismo instituído e estéril.

Remexendo, e com alergia a pó, as dezenas de pastas em frangalhos, nunca tive tão clara certeza de que criar é literalmente arrancar com esforço bruto algo informe do Kaos. Confesso que ambos me seduzem, o Kaos e o *in* ou *dis*-forme. Afinal, como Rita Lee, sempre dediquei um carinho todo especial pelas mais negras das ovelhas.

(O Autor-Pastor)
1995

Para
Lygia Fagundes Telles,
fada madrinha

E para
Gil Veloso,
anjo da guarda

"Por que publicar o que não presta? Porque o que presta também não presta. Além do mais, o que obviamente não presta sempre me interessou muito. Gosto do modo carinhoso do inacabado, daquilo que desajeitadamente tenta um pequeno vôo e cai sem graça no chão."

(Clarice Lispector: *A Legião Estrangeira*)

Sumário

I

CH'IEN

龍

"Aparece uma revoada de dragões sem cabeça."
(I CHING, *O Livro das Mutações*)

A maldição dos Saint-Marie

Para
Ilone Madalena Dri Almeida,
minha primeira leitora

No ginásio, em Santiago, tive a sorte de ter um professor de Português muito bom – José Cavalcanti Jr. Certa vez ele realizou um concurso de romances, e este meu foi o vencedor. Foi em 1962, eu tinha 13 ou 14 anos. O sucesso foi enorme: as meninas faziam fila para ler (só havia uma cópia, escrita em caderno Avante com caneta Parker 51). É evidente que a história cheia de clichês, influenciada por radionovelas, fotonovelas e melodramas mambembes do Circo-Teatro Serelepe, não presta, mas talvez possa render algumas risadas. Anos mais tarde, foi a base para Luiz Arthur Nunes e eu escrevermos a peça teatral A maldição do Vale Negro. *Não mudei absolutamente nada do original: a graça aqui, creio, está justamente no tosco e no tolo.*

CAPÍTULO I

Adriana estava sentada em uma poltrona, folheando um livro sem muito interesse. Suas roupas eram modestas, mas não pobres, tinha longos cabelos negros que nunca prendia e seus olhos também eram negros, dando-lhe uma expressão triste que jamais se apagava, nem mesmo quando ela sorria.

Subitamente, uma batida à porta. Adriana assustou-se, mas logo levantou correndo para abrir, não sem antes arrumar os cabelos com as delicadas mãos.

– Boa-noite, Adriana – disse o homem a quem a jovem atendeu.

– Oh, Fernando! – falou ela, com sua voz quente e vibrante. – Fernando, tenho tanta coisa para contar...

O homem entrou. Estava ricamente vestido, mas seu rosto era vulgar. Tinha a testa muito larga, contrastando com os olhos miúdos e vivos que examinavam a moça com avidez.

Adriana fê-lo sentar e, tomando as mãos dele entre as suas, levou-as à boca, roçando-as suavemente com os lábios.

– Querido – ela disse comovida –, há mais uma estrela no céu, há mais um anjinho aos pés da Virgem Maria...

– Que significa isso, Adriana? – perguntou Fernando, com o largo sobrecenho franzido.

A moça, surpreendida com a reação, não conseguiu falar e fez um quase imperceptível aceno com a cabeça. Por fim conseguiu balbuciar timidamente algumas palavras.

– S-sim, Fernando... Agora poderemos nos casar e... então nós iremos viver no seu castelo, Fernando... no castelo de Saint-Marie... nós e nosso filhinho...

Fernando, furioso, deu-lhe um empurrão gritando:

– Idiota! Você pensava que eu, o senhor de Saint-Marie, iria casar-me com você? Com você, uma *zinha qualquer*? Mulheres iguais a você, Adriana, encontram-se aos montes em qualquer lugar, mulheres que com um gesto oferecem-se a qualquer homem!

Adriana estava em pé. Sua aparência tão doce transformara-se em uma máscara onde se estampavam simultaneamente o ódio, o desespero e o desprezo. Levantando a cabeça, ela olhou fixamente para Fernando e em voz rouca, entrecortada pelas lágrimas, gritou-lhe:

– E homens iguais a você, Fernando de Saint-Marie, não se encontram todos os dias. Homens que em sua suja alma não têm um pingo de moral, uma gota de honra nem de dignidade. Homens que não pensam nas mulheres puras e honradas que sacrificam-lhes toda a sua pureza para que eles satisfaçam os seus desejos sexuais, desejos de bestas. E depois de saciados não hesitam em abandonar uma pessoa que sofreu todos os seus sofrimentos, deixando também o sangue de seu sangue, a carne de sua carne que germinou no ventre de quem o amou. Você, Fernando, estava num alto pedestal. Por você eu abandonei tudo, mas agora o pedestal caiu e o ídolo caiu ao chão esfacelando-se.

Cinicamente, o homem contemplava Adriana. Por fim levantou-se, furioso com as últimas palavras da jovem e, dando-lhe uma violenta bofetada, atirou-a ao chão.

– Prostituta! – gritou. – Prostituta é a palavra que serve para você, Adriana!

Em seguida tirou algumas notas da carteira e atirou-as no rosto de Adriana, lavado em sangue e lágrimas.

– Infeliz! – gritou a moça. – Hei de vingar-me, e minha vingança será terrível, Fernando de Saint-Marie. Hei de ving...

Com um gemido, Adriana perdeu os sentidos. Fernando apanhou o chapéu e o sobretudo e saiu assobiando.

Pouco depois, a moça voltou a si do desmaio e arrastando-se penosamente pelo tapete manchado de sangue conseguiu chegar a uma mesinha, sobre a qual estava uma imagem da Virgem com Jesus ao colo. Erguendo o belo rosto para a imagem, Adriana juntou as mãos pálidas e rogou:

– Virgem Santíssima, o que mais quero na vida é que meu filho nasça. Por favor, Senhora, deixe-o nascer... deixe-o nascer...

E proferindo essas palavras caiu novamente desmaiada.

CAPÍTULO II

Ali, nas montanhosas escarpas dos Pirineus, erguia-se o imponente castelo Saint-Marie, nome que também designava a família possuidora do castelo. À frente do casarão havia uma alameda que, descendo as escarpas dos Pirineus, encontrava a estrada que levava até um pequeno povoado. Dos lados e atrás do castelo existiam terríveis precipícios e, alguns quilômetros depois, um regatozinho onde as lavadeiras trabalhavam.

Vamos encontrar Fernando de Saint-Marie, o futuro proprietário do castelo, subindo pela alameda que conduzia à morada. Neste instante ele batia à porta com a pesada e severa aldrava em forma de cabeça de leão.

Uma criadinha apressou-se a abrir. Fernando entregou-lhe o sobretudo, o chapéu, e entrou na imponente mansão. Logo à frente da porta havia uma escadaria que, mais acima, dividia-se em duas. O futuro senhor de Saint-Marie subiu essas escadas com passadas fortes, que retumbavam no silêncio do castelo. Tomou a escada da direita e subiu até um amplo *living* onde se encontravam cinco pessoas.

Uma delas era a Senhora Ilsa de Saint-Marie, mulher de sessenta anos, de fisionomia bondosa e acolhedora. A outra era Eleonora, parente longínqua da família e que há quatro anos vivia ali, desde que completara quinze anos. Era uma jovem magra, assustada, mas não era feia. Tinha cabelos louros presos num coque e dois olhos enormes e azuis. A outra pessoa na sala, além do avô de Fernando e do mordomo Jacques, era a governanta Amália, uma mulher orgulhosa e vaidosa e que, apesar de ter mais de quarenta anos, nunca se casara, por isso tornando-se amarga e triste. Foi ela quem criou Fernando desde que este nasceu.

Dona Ilsa de Saint-Marie virou-se para o filho com a fisionomia alegre. Com dificuldade levantou-se da poltrona para beijar Fernando:

– E então – perguntou –, como foi seu passeio? – Mas sem dar tempo ao moço de responder, continuou: – Não sei por que esses passeios noturnos, nunca gostei deles. Você sabe, meu filho, que não somos vistos com bons olhos na vila...

– Deixe o rapaz sossegado, Dona Ilsa! – exclamou Amália. – Ele já é um homem, sabe o que faz!

Fernando estava alheio a essas conversas. Lembrava das palavras de Adriana ao sair da casa dela.

Eleonora, noiva de Fernando, amava-o muito, mas ao mesmo tempo sentia certo medo dele. Agora estava triste, pois o rapaz não lhe dirigira um olhar sequer desde que chegara. Adiantou-se intimidada, tomou a mão da Senhora Ilsa e levou-a aos lábios.

– Até logo, titia – disse. – Vou para meus aposentos, se me permite.

A velha Senhora de Saint-Marie tinha um sorriso malicioso nos lábios quando perguntou:

– Já, Eleonora? Não vai conversar um pouco com seu noivo? Ou será que vocês estão brigados?

A tímida jovem murmurou um trêmulo *não* e saiu quase correndo da sala.

– E você, Amália – continuou Dona Ilsa –, já encontrou a moça que precisava para ajudá-la no serviço?

– Não – foi a seca resposta da governanta. – Mas mandei avisar no povoado.

Fernando avançou e, dando um beijo na enrugada face da mãe, disse:

– Vou seguir o exemplo de Eleonora, mãe. Também vou deitar-me. Estou muito cansado.

Fernando retirou-se. E Amália fez o mesmo, seguida pela Senhora Ilsa e pelo mordomo que empurrava a cadeira de rodas do Senhor de Saint-Marie.

O silêncio caiu sobre o castelo de Saint-Marie.

CAPÍTULO III

Em seus aposentos, Fernando tinha os pensamentos voltados para Adriana:

– "O que pensará ela fazer? Qual será a sua vingança? Ah, mas eu não deveria estar receando alguma coisa da parte de uma mulherzinha vulgar e inculta, apesar de muito bela... Mais bela que minha noiva Eleonora..."

Esse último pensamento de Fernando ocorreu-lhe sem que o quisesse. Mas, na verdade, não se podia comparar a beleza de Adriana à de Eleonora. Uma era ardente, sensual, um verdadeiro vulcão prestes a explodir; a outra, tímida, frágil e delicada. Duas mulheres totalmente opostas uma da outra.

– "E se ela contar à minha mãe que eu, o futuro Senhor de Saint-Marie, sou o pai de seu filho?"

❖

Perto dali, Eleonora tinha seus pensamentos voltados para Fernando. Abraçada ao macio travesseiro, imaginava por que motivo o jovem não retribuía seu amor:

– "Será que ele ama outra, meu Deus? Mas quem, quem poderia ser? Fernando quase não sai do castelo, passa os dias trancado no escritório. E quando sai" – pensava ela com amargura – "...quando sai não se digna a lançar-me um olhar, um gesto, um nada. E eu... eu o amo tanto, tanto... Daria a minha vida para vê-lo feliz..."

E enterrando a loura cabeça no travesseiro, ela começou a soluçar baixinho, deixando as lágrimas correrem livremente. Por fim, receando que a cruel Amália a ouvisse, silenciou e adormeceu.

❖

Lá embaixo, no povoado, Adriana tinha pensamentos muito diferentes dos da doce Eleonora:

– "Fernando odeia-me... e eu também o odeio. Não sei como pude entregar minha virgindade a um homem mau que só tem pensamentos voltados para o dinheiro. Preciso vingar-me, preciso fazê-lo sofrer tudo o que estou sofrendo... Sei que Amália, a governanta do castelo, andou pela vila anunciando que necessitava de uma ajudante. Pois bem, eu me empregarei no castelo até que meu filho nasça e então me vingarei de você, Fernando de Saint-Marie. Você há de pagar bem caro o que me fez!"

E Adriana cerrou com ódio os punhos. Quando os abriu, tinha as mãos crispadas e no rosto uma expressão de fúria. Foi com dificuldade que conseguiu acalmar-se para poder dormir.

❖

Mas voltemos ao castelo de Saint-Marie, justamente no momento em que um grito horrendo feriu os ares.

Passos ressoaram pelos corredores. Era Amália dirigindo-se ao quarto de Eleonora, de onde partira o grito. Entrou e deparou com a moça sentada na cama, com uma expressão de horror no rosto.

– Que aconteceu? – perguntou a governanta.

– Foram eles – respondeu Eleonora com uma expressão de loucura – ...foram os fantasmas... eu os vi... ali, na janela... vultos brancos movimentando-se no ar...

– Essa é a maldição que pesa sobre nós, os Saint-Marie – disse a voz da Senhora Ilsa, que acabara de entrar.

Eleonora rompeu a chorar e, enquanto Dona Ilsa a consolava, Amália falou com desprezo:

– Maldição, fantasmas... Fantasmas não existem, minha cara Eleonora. Você sonhou. Ou então...

Notando a pausa feita pela governanta, a Senhora Ilsa procurou completar, perguntando friamente:

– ... ou então o quê, Amália?

– Ou então Eleonora está enlouquecendo – concluiu Amália, saindo do aposento.

Eleonora levantou a cabeça e disse quase gritando:

– Eu sei que não sou louca! Eu os vi... Ali, ali... Eram brancos... sim, muito brancos... e dançavam...

Dona Ilsa encostou a mão na testa da jovem. Estava quente, sim, muito quente. Mas a bondosa senhora não se assustou, e ali permaneceu embalando a pobre moça até que ela dormisse e então, na ponta dos pés, apagou a luz e retirou-se para seus aposentos.

E a noite cheia de mistérios e segredos envolveu o castelo até o romper de um novo dia.

CAPÍTULO IV

A manhã já chegou àquela região da França. O dia amanheceu tão bonito que parecia quase impossível existirem ódios naquela linda região. No povoado, as donas de casa já andavam pelas ruas carregando sacolas, todas cumprimentando-se alegremente. Longe da vila, na fonte, as lavadeiras trabalhavam enquanto cantarolavam canções regionais. Quase todos estavam contentes. Somente no imponente castelo dos Saint-Marie é que parecia não haver uma janela ou porta abertas que pudessem permitir a entrada da felicidade.

No castelo, todos já estavam em pé, à exceção do idoso Senhor Danilo de Saint-Marie, que era paralítico e não se encontrava disposto a levantar-se.

No saguão da morada, a orgulhosa governanta Amália conversava com uma jovem totalmente vestida de preto. Era Adriana.

– Então? – perguntou a governanta. – Você sabe o que tem a fazer aqui?

– Não, senhora – respondeu Adriana. – Apenas sei que desejava uma ajudante, não sei o que tenho a fazer.

– Não é muita cousa. Apenas fiscalizar o trabalho das criadas e servir o café da Senhora Ilsa, do Senhor Danilo, de Eleonora e de Fernando.

Adriana não se mostrou nervosa nem mesmo quando ouviu Amália dizer o nome de Fernando. Ela imaginava o que faria o rapaz quando a visse.

– E então? Aceita? Além de seu salário, terá casa e comida.

– Oh, sim, senhora. Permita que eu me retire para ir ao povoado buscar minhas roupas?

A governanta fez um gesto indiferente, e Adriana retirou-se. Amália não simpatizara com a moça, e não procurou esconder isso. Pouco depois a Senhora Ilsa entrou no recinto acompanhada de Eleonora. Seu rosto estava alegre e, sacudindo no ar um envelope, disse à governanta:

– Amália, imagine o que diz aqui! George acabou seus estudos e vem morar conosco, não é maravilhoso?

Amália não concordava, ela nunca gostara de George, o outro filho de Dona Ilsa. Sempre mostrara clara preferência por Fernando.

Eleonora ainda não conhecia George, por isso mostrava-se animada. Sua palidez habitual quase a abandonara. Mas fingindo mostrar-se interessada, Amália indagou:

– E quando ele chega?

– Hoje mesmo, Amália – respondeu a Senhora Ilsa. – Após o meio-dia. Não esqueça de arrumar o quarto dele. A propósito, já conseguiu a ajudante?

– Sim. É jovem ainda e muito bonita, por isso creio que não goste de trabalhar.

A Senhora Ilsa ergueu uma sobrancelha, ela conhecia Amália há quase vinte anos e notou que esta não simpatizara com Adriana. Sabia que teria que suportar intrigas e mentiras da parte da governanta para que se zangasse com a moça.

Eleonora pensava em seu noivo. Sabia que ele estava trancado no escritório, como sempre, de onde só sairia para o almoço, mas mesmo assim perguntou, timidamente:

– E... Fernando?

– Ora – foi a resposta impertinente de Amália –, está no escritório. Onde mais poderia estar, minha cara Eleonora?

A jovem corou, baixando os olhos, e a governanta deu um sorriso maldoso. Ela considerava Fernando quase como propriedade sua, e não admitia que lhe tomassem seu afeto. Ficou alguns instantes parada e depois, pedindo licença, saiu dali.

A Senhora Ilsa e Eleonora também se retiraram para o jardim e o saguão ficou vazio.

❖

Em seu escritório, no meio de uma papelada, Fernando escrevia nervosamente. Ele procurava concentrar-se no trabalho sem conseguir, seu pensamento fugia para Adriana. Levantou-se e passeou de um lado para outro fumando, fumando incessantemente, depois chegou à janela e ficou a olhar para fora. Assim permaneceu algum tempo, até que um carro parou no jardim e prendeu-lhe a atenção. De dentro do carro desceu uma moça morena, vestida de preto.

Os olhos de Fernando não conseguiam acreditar no que viam, mas era verdade, a terrível verdade. Aquela moça é Adriana! Fernando sentiu-se cambalear e precisou sentar. Passou a mão pela testa e sentiu o suor escorrendo-lhe pelo rosto.

CAPÍTULO V

Adriana caminhava rapidamente pelos longos corredores do castelo, nas mãos uma pequena valise onde estavam guardadas suas poucas roupas. Neste momento, ela passava justamente pelo escritório de Fernando quando a porta se abriu.

– Adriana – disse Fernando, agarrando a jovem pelo braço. – Adriana, o que é que você está fazendo aqui?

A moça assustou-se, mas recobrou a calma e fitou friamente aquele homem. Deu um safanão no braço e disse:

– Estou empregada aqui, Fernando, e aqui ficarei até o meu filho nascer.

Adriana deu uma entonação especial às três últimas palavras, e gozou com o desespero de Fernando.

– Mas você... você não vai... – gaguejou ele.

– Não, Fernando. Não vou contar nada à sua mãe. Por enquanto, não. E agora largue-me, tenho o que fazer.

E a moça, com um gesto de desprezo, retirou-se caminhando de cabeça erguida.

❖

As horas passaram-se. No grande salão, todos, menos o Senhor Danilo de Saint-Marie, estavam reunidos para o almoço. Adriana servia a mesa. A Senhora Ilsa mostrava-se muito excitada, pois George poderia chegar a qualquer momento. Subitamente uma batida na porta fez a Senhora levantar-se.

– É George, eu sei! Meu coração diz que é ele!

Dona Ilsa fez questão de abrir ela mesma a porta.

Ali estava parado um jovem moreno, alto, vestido com cuidado, e seus olhos inteligentes tinham um tom esverdeado. Dona Ilsa abriu a pesada porta e o rapaz atirou-se nos seus braços.

Depois ele cumprimentou Amália, Fernando, Eleonora e... Adriana. Nestas duas últimas, o seu olhar parou, ele não as conhecia. Eleonora estendeu-lhe a mão e disse:

– Eu sou Eleonora, George.

O jovem beijou-lhe a mão, mas seus olhos não se desviaram de Adriana.

– Quem é essa moça? – perguntou.

– Oh – Amália apontou Adriana –, é a minha nova ajudante. Começou a trabalhar hoje.

George sorriu para Adriana, simpatizara com ela. A moça retribuiu-lhe o gesto, sorrindo timidamente.

E ficariam ali a fitar-se se Dona Ilsa não os interrompesse.

– Venha, George – disse ela –, você deve estar cansado. Vamos até o seu quarto.

Adriana ficou parada, seu coração batendo descompassadamente. Sentia algo que não podia definir, como uma vontade louca de correr, de olhar o céu, o sol, as flores. Mas a fria Amália interrompeu os seus pensamentos perguntando:

– Adriana, você não vai servir Fernando?

A moça estremeceu e pegou uma vasilha. Fernando notara como ela ficou impressionada com o seu irmão, e uma onda de ciúme, de ódio, de rancor invadiu-lhe o coração. Sim, ele não conseguia esconder seus sentimentos: Fernando amava Adriana.

❖

A tarde passou sem novidades até a hora do jantar, quando todos voltaram a reunir-se em volta da mesa.

– E George? – perguntou Amália.

– George está muito cansado – respondeu a Senhora Ilsa. – Ele ficou em seus aposentos. Adriana vai levar-lhe o jantar.

Adriana estremeceu, mas pegou uma bandeja e, subindo as escadas, bateu à porta do quarto do rapaz.

– Entre – disse ele.

Adriana entrou. O rapaz estava deitado lendo um livro, mas, ao vê-la, passou a mão pelos cabelos e colocou o livro sobre a mesinha de cabeceira.

– Vim trazer-lhe a janta, senhor George.

A moça colocou a bandeja sobre a mesa. Ao

fazer isso, seus olhos encontraram-se com os de George. Este, sentando-se na cama, perguntou:

– Por que está tremendo, Adriana?

– Por nada – disse ela nervosamente. – Sou uma tola.

– Sabe que é muito bonita?

Adriana corou, mas nada respondeu e, abrindo a porta, saiu do quarto. Seu coração voltara a florir: Adriana sentia que encontrara o seu verdadeiro amor e estava feliz. Ela amava George como nunca tinha amado ninguém. Era um sentimento puro, calmo, belo, muito diferente da violenta paixão que sentira por Fernando.

CAPÍTULO VI

Amanheceu mais um dia na França. Lá no alto, no castelo dos Saint-Marie, a vida de intrigas, ciúmes e desconfianças continuava. Ainda não eram nove horas e todos continuavam em seus aposentos, à exceção da governanta Amália, que dava ordens na cozinha, e de Adriana. Adriana já levou o lanche a todos, menos a Eleonora e a George, e o de Fernando, Amália fez questão de levar.

Neste momento Adriana subiu para servir George. A bandeja tremia em suas mãos e o seu coração batia nervosamente. Ela contou lentamente os degraus até chegar lá em cima e bateu à porta, depois entrou sem esperar resposta.

– Bom-dia, senhor George.

– Bom-dia, Adriana. Sabe que esta noite sonhei com você? Ora, não precisa ficar vermelha assim...

Adriana baixou a cabeça e murmurou:

– Senhor George, eu... eu sou apenas uma criada, nada mais que isso.

George a olhou sorrindo, mas não se conteve e disse:

– Adriana, sabe que a amo?

A moça ergueu o rosto muito pálido e ficou a olhar o másculo rosto do rapaz. Mas eis que surgiu como um turbilhão e, sem que ela pudesse explicar como, seus lábios encontraram-se com os de George e um doce beijo os uniu.

– Adriana, desde que a vi senti que minha vida ia mudar. Eu a amo muito... muito...

Enlevada, Adriana repetiu as últimas palavras do rapaz:

– Eu o amo muito... muito...

Mas subitamente lembrou-se que já pertencera a outro, e afastou-se bruscamente, saindo do quarto a correr. Chegando às escadas, começou a chorar, mas secou as lágrimas com as mãos e desceu.

Enquanto isso, na cozinha, uma mão segura um pequeno frasco e despeja um pó branco no café destinado à Eleonora.

❖

A manhã passou tranqüilamente. No almoço, Adriana procurou evitar que seu olhar se encontrasse com o de George, mas ficou tão nervosa que derramou um prato de sopa, levando uma repreensão da dura Amália. Findo o almoço, a Senhora Ilsa propôs um passeio pelos campos, mas somente Eleonora e George animaram-se com a idéia. E os três convidaram Adriana para acompanhá-los.

Saíram a caminhar. Adriana acompanhava a Senhora Ilsa; mais à frente George caminhava com Eleonora, olhando de vez em quando, furtivamente, para trás.

– Adriana – disse a Senhora Ilsa, arquejando –, acho que não posso mais, vamos sentar um pouco?

A jovem sorriu e procurava ajudar Dona Ilsa quando tudo escureceu, e ela precisou segurar na mão da velha senhora para não cair.

– O que houve, Adriana? – perguntou Dona Ilsa. – Está se sentindo mal?

– Oh, não – respondeu a moça, passando a mão pela testa –, foi apenas uma tontura... Já passou...

Dona Ilsa notou a palidez da jovem e procurou dar à voz um tom normal quando disse:

– Minha filha, sou velha e experiente, não procure esconder nada de mim. Eu sei o que há. Você... você vai ter um filho, não é isso?

Adriana não respondeu, desejaria estar muito longe dali, desejaria não ter que contar sua amarga história à bondosa Senhora Ilsa. Pensando nisso, começou a chorar convulsivamente.

– Chore, minha filha, chore que isso só lhe fará bem. Mas não se preocupe, não a mandarei embora. O seu filho terá um lar.

A moça levantou os olhos cheios de gratidão e abraçou Dona Ilsa. Nesse momento, Fernando assomou à janela do castelo e ficou intrigado ao ver aquela inesperada cena.

Vendo aquilo, George e Eleonora também voltaram-se, e o rapaz perguntou, trêmulo:

– O que houve com Adriana, mamãe?

– Houve que... que Adriana vai ser mãe...

– ... vai ser mãe?! – repetiram Eleonora e George juntos.

A Senhora Ilsa acenou com a cabeça e, abraçada a Adriana, voltou-se e começou a caminhar de volta ao castelo dos Saint-Marie.

CAPÍTULO VII

Mais uma noite cobriu a França e todo o Ocidente. Os cães e lobos começaram a entoar sua costumeira canção à lua que, naquele dia, nega-se a aparecer e com ela, também as estrelas. O céu estava sem nuvens, negro, totalmente negro, e a angústia parecia pairar sobre o mundo, principalmente na velha mansão da tradicional família dos Saint-Marie, onde um manto de desgraça envolvia tudo. Aos lados e atrás do castelo, os ameaçadores precipícios dos Pirineus aumentavam a tristeza do cenário.

A refeição noturna estava sendo servida. Ao redor da mesa agrupa-se toda a família, até mesmo o Senhor Danilo, que se sentia melhor. Amália, a fria governanta, também está à mesa, pois é quase uma Saint-Marie. Adriana servia os pratos, ajudada por uma criada macilenta que parecia estar sempre receando uma repreensão.

– Toda a família reunida, hein? – disse George, tentando alegrar o ambiente.

Amália teve vontade de dar uma de suas costumeiras respostas. Chegou a abrir a boca para falar, mas a Senhora Ilsa, como que prevendo o que ela diria, lançou-lhe um olhar e o silêncio se restabeleceu.

A suave Eleonora olhava Fernando que, calado como sempre, não lhe prestava atenção. A jovem reprimiu um soluço e levou o garfo aos lábios, mas uma garra de ferro pareceu comprimir-lhe a garganta. Ela soltou um gemido que se transformou num grito lancinante e depois tombou.

– Eleonora! – gritou Dona Ilsa, levantando-se.

– Eleonora, o que houve? – falou George, auxiliando a jovem a levantar-se. E voltando-se para Adriana, pediu: – Adriana, pegue um copo d'água, depressa, por favor!

Todos estavam nervosos e falavam ao mesmo tempo, apressadamente. Amália esquivou-se e subiu as escadarias quase correndo. O terror e a alegria estampavam-se ao mesmo tempo em seu rosto perverso.

– Outra vez – gemeu Eleonora –, outra vez...

– Mas por Deus – gritou George borrifando-lhe as faces com água –, o que aconteceu?

– Confie em nós, minha filhinha – pediu a Senhora Ilsa. – Diga-nos o que aconteceu.

Até mesmo Fernando aproximou-se e tomou a mão da moça. Eleonora sorriu, dizendo depois:

– Foi só um mal-estar... Não se preocupem, já estou bem...

O velho Senhor Danilo de Saint-Marie aproximou-se em sua cadeira de rodas e falou tremulamente:

– Minha filha, ouça um conselho ditado por um homem velho e experiente. O que você tem sempre aconteceu com as noivas dos Saint-Marie, algumas chegaram a morrer antes de casar e...

Com lágrimas nos olhos azuis, Eleonora gritou:

– E... Continue, por favor, diga que estou enlouquecendo!

O velho sorriu mostrando as gengivas murchas e descoradas:

– Não, Eleonora, não é isso... É a maldição dos Saint-Marie! Por causa dela estamos todos refugiados neste castelo, reduzidos a este mísero grupo. Nós... que já dominamos quase toda a França!

– Então é isso – gritou Eleonora. – É a maldição de que nunca quiseram falar!

Dona Ilsa procurava acalmar a jovem acariciando-lhe as louras mechas do cabelo. Fernando aproximou-se do velho senhor e perguntou:

– E o que o senhor aconselha?

O velho deu um sorriso enigmático e disse:

– Casar-se, casar-se o quanto antes... Antes que sua noiva seja levada pela morte!

E afastou-se rindo alto. Enquanto isso, Amália regressou fingindo um nervosismo que estava longe de sentir. A Senhora Ilsa ergueu-se, tinha o ar solene, o ar que adotava nos momentos importantes.

– Pois o casamento deve realizar-se o quanto antes – disse. – No máximo, dentro de um mês.

Fernando fez um gesto de pouco caso, que feriu Eleonora, feliz com a realização de seu sonho.

A um canto, Adriana sentia-se mais do que nunca como uma simples criada, como uma mulher ultrajada que procura vingar-se. Sem querer, olhou ternamente para George e, para sua surpresa, o rapaz lhe devolveu o olhar. Olhar esse que não passou despercebido. Amália o notou.

A família ainda ficou reunida mais algum tempo a conversar, a fazer planos para o casamento de Fernando e Eleonora. Mas logo recolheram-se, e todas as luzes se apagaram.

CAPÍTULO VIII

Adriana caminhava pelos longos corredores do castelo. A escuridão a assustava, e só ao lembrar-se que tem que subir ao último andar, onde fica seu quarto, tem um arrepio de medo. Agora ela passava pelo quarto da Senhora Ilsa Saint-Marie, logo além ficavam os aposentos de George. Mas de repente parou, e foi com espanto na voz que perguntou:

– George! O que está fazendo aqui?

– Adriana – disse o rapaz num sussurro –, não posso mais... Eu a amo muito, temos que nos casar!

Espantadíssima, Adriana só conseguiu gaguejar:

– E-eu t-também... amo você, George... mas v-você sabe que... q-que eu...

– Sim, eu sei que você vai ter um filho, Adriana. Mas creia, eu a amo muito e isso não faz diferença. Sei que você ainda conserva a pureza da alma e se cometeu alguma... alguma loucura... foi num momento de embriaguez, num momento de paixão.

O rapaz falava ansiosamente, olhando bem dentro dos negros e tristes olhos da infeliz Adriana. Esta sussurrou:

– George, nosso amor é puro, sim, mas nunca seria feliz. Sempre haverá aquela sombra em meu passado... e você não sabe quem é o pai de meu filho...

– Adriana, não me torture... Nós poderemos esquecer isso, e o pai de seu filho, o canalha que a maculou, não se interporá jamais entre nós. Quando a criança nascer nós já estaremos casados!

Adriana pensou na felicidade de que poderia usufruir. O futuro estava em suas mãos, e por um instante ela quase esqueceu por que estava ali.

– Não, George, eu o amo também... mas tenho outro objetivo em mente. Só poderemos casar quando eu já o tiver alcançado, e isso será muito breve, creia-me.

George espantou-se com o tom em que eram ditas aquelas palavras, e mais estupefato ficou quando Adriana saiu a correr, sem lhe dar explicações. Mas ele conseguiu alcançá-la.

– Adriana, não sei que objetivo será esse. Mas quero que me prometa o seguinte: dentro de um mês, no casamento de meu irmão, anunciaremos o nosso noivado, está bem?

A jovem concordou com a cabeça. Sim, que melhor vingança poderia desejar? O despeito e o ciúme de Fernando ao saber que ela, Adriana, seria uma Saint-Marie, e que o seu filho poderia ser o senhor de tudo um dia. Mas não apenas por isso casaria com George, não: ela também o amava.

Com um beijo rápido, despediu-se de George e foi para seu quarto.

O resto da noite passou com o horror de costume. Isto é, os fantasmas apareceram novamente para Eleonora, que outra vez gritou, pedindo socorro. Todos acudiram a seus gritos, e a Senhora Ilsa, olhando pelo janelão, nada conseguiu ver, embora desejasse estar enganada. A Senhora Ilsa julgava, assim como todos os outros, que a pobre moça estava mesmo ficando louca.

❖

E as horas, os dias, as semanas passaram rapidamente. Agora faltam apenas dois dias para o enlace de Eleonora e Fernando, e também para o noivado de George e Adriana. Cerca de vinte empregados movimentavam-se pelo castelo arrumando, limpando, enfeitando. Apesar dos protestos de Amália, a Senhora Ilsa fazia questão de que fosse realizada uma festa de arromba.

Passou-se mais um dia. À noite, Eleonora teve novamente suas visões, e no dia seguinte, à hora do almoço, recusou o alimento. A Senhora Ilsa, Adriana e George mostravam-se preocupados com a jovem, que definhava a olhos vistos.

Mas o tempo é inexorável, e o sol descambou mais uma vez.

CAPÍTULO IX

Finalmente chegou o esperado dia. Desde cedo Adriana estava em pé, e não só ela, Amália, George, a Senhora Ilsa, Fernando e até o Senhor Danilo de Saint-Marie fizeram questão de madrugar. Eleonora, por insistência de Dona Ilsa, permanecia em seus aposentos.

Deitada em seu leito, Eleonora pensava:

– "Afinal chegou o dia, o grande dia de meu casamento. Eu devia estar feliz, mas não sei por que não estou. Sinto algo... algo que me diz que Fernando não é como eu penso... Oh, mas como sou tola, pensando sempre em coisas tristes."

E tentou mudar seus pensamentos, mas não o conseguiu. Permaneceu então deitada até que uma batida à porta a sobressaltasse.

Era Adriana, com uma cestinha de onde retirou uma escova e um pente.

– Bom-dia, Eleonora, vim prepará-la para a cerimônia.

Eleonora olhou para o vestido de noiva sobre uma poltrona. Era lindo, sim, lindíssimo e muito antigo: fora usado pela primeira Saint-Marie e seria usado pela última, rezava a tradição da família. A moça tentou levantar-se, mas estava muito fraca e quase não conseguia sair da cama.

Adriana ajudou a moça a vestir-se e começou a passar-lhe o pente pelos louros cabelos, enquanto conversava alegremente. De súbito, Eleonora perguntou-lhe:

– Adriana, por que você está sempre vestida de preto? Morreu alguém de sua família?

Adriana teve um sobressalto, e foi com a voz repassada de tristeza que respondeu:

– Não, minha amiga, não morreu ninguém de minha família, pois já não a tenho. O que não existe mais é... um ídolo ou um homem que do mais alto degrau passou para o mais baixo... e acabou esfacelando-se e misturando com a poeira do chão...

Eleonora não entendeu mas, percebendo que o assunto entristecia Adriana, calou-se.

❖

As horas passaram. A Senhora Ilsa veio bater à porta do quarto de Eleonora.

– Eleonora, minha filha, apresse-se! Só estamos esperando por você.

Adriana abriu a porta e a noiva saiu do recinto, belíssima, parecendo um anjo caído há pouco do céu. A Senhora Ilsa extasiou-se com a beleza da jovem e

George, que passava por ali, soltou um assobio de entusiasmo.

– Você está lindíssima, prima! E você, Adriana, não vai se arrumar também?

A moça fez um aceno com a cabeça e saiu em direção a seu quarto. Dona Ilsa e George acompanharam a frágil Eleonora até a capela dos Saint-Marie, onde já estavam os convidados. A aparição da noiva fez um murmúrio de admiração erguer-se no ar.

George estava impaciente e, quando viu Adriana entrar, puxou-a para o altar e disse:

– Senhores, em breve outro casamento realizar-se-á aqui. Tenho o prazer de comunicar-vos que estou noivo da senhorita Adriana Legrange!

Um murmúrio ergueu-se novamente. Todos estavam espantados com George de Saint-Marie casar-se com uma pobretona, além de tudo no estado em que se encontrava. Mas Dona Ilsa mostrou-se feliz, e não se cansava de beijar e abraçar a noiva. Todos da família aprovavam o casamento, apenas Fernando parecia descontente e Amália mordia os lábios de despeito.

A cerimônia começou. Transcorreu tudo normalmente e, depois de realizado o casamento, todos dirigiram-se para o castelo, onde um lauto almoço será servido aos convidados. Adriana já não era mais uma criada, mas a noiva de George.

Todos pareciam tranqüilos e felizes, mas eis que um horrendo grito interrompeu a tagarelice das mulheres.

– Vejam! – gritou um convidado, apontando um vulto branco que despencava no precipício.

Uma mão invisível pareceu tapar a boca de todos. Um silêncio mortal envolveu o castelo de Saint-Marie. O vulto branco era Eleonora.

– Eleonora! – gritou a Senhora Ilsa. – Eleonora, minha filha querida!

E fez menção de jogar-se também no precipício. Fernando conseguiu segurá-la a tempo. Entre lágrimas, George balbuciou:

– Ela era um anjo, e os anjos não pertencem à Terra.

CAPÍTULO X

Após o frustrado casamento de Fernando, uma profunda mudança ocorreu em Saint-Marie. A Senhora Ilsa tornou-se uma mulher triste e calada, a maior parte do dia rezando na pequena capela ou no túmulo de Eleonora. Amália tornou-se ainda mais fria e insensível, parecendo intimamente muito satisfeita. Adriana agora já não era apenas uma criada, não mais servia à mesa ou tirava o pó dos móveis, e ocupava seu tempo a fazer roupas para o filho. George continuava a ser aquele rapagão alegre, mas sua alegria às vezes parecia forçada. Fernando não mudou: a morte de Eleonora não o comoveu absolutamente. Mas tomemos uma noite da mansão e vejamos o que acontece.

Adriana não conseguia dormir, revirando-se na cama. Subitamente olhou para a janela e viu vultos brancos esvoaçando. "Fantasmas", pensou ela, e de sua garganta saiu um grito aterrorizado.

Quase imediatamente surgiram a Senhora Ilsa, Amália e George.

– Ali... – disse ela, trêmula – ...ali na janela... os fantasmas... – E rompeu num choro convulsivo.

– É a maldição – disse soturnamente Amália. – Ela está noiva de um Saint-Marie e...

Dona Ilsa interrompeu a governanta para consolar Adriana.

– Não chore, filhinha – disse ternamente –, isso não é bom no seu estado, não se preocupe.

George também consolava Adriana:

– Querida, acalme-se, pense em nosso filho.

A moça ficou satisfeita ao ouvir o *nosso,* e acalmou-se, adormecendo novamente.

❖

Como Amália estava sozinha para atender toda a mansão, uma nova criada substituiu Adriana. No seu primeiro dia, levou o café da manhã para a moça.

– Bom-dia – disse Adriana –, vejo que é nova aqui. Como se chama?

– Lili, madama – respondeu a figurinha magra e irrequieta. – Mas se quiser pode me chamar de Noeli, que é meu verdadeiro nome, eu porém prefiro...

– Sei, sei – respondeu Adriana, rindo da maneira truncada da mocinha falar. – Dê-me o café, Lili.

A empregadinha, sempre rindo muito, perguntou:

– E o seu nome, madama? Não é a Dona Driana?

– Adriana – corrigiu a moça –, mas dê-me logo o café e deixemos de tagarelar.

– Sim senhora, olha, eu trouxe até um pão com *mantêga* pra madama tão bonita.

– Manteiga, Lili, manteiga.

Adriana tomou seu café, depois entregou a bandeja a Lili, que saiu do quarto muito espevitada.

O dia estava lindo. A Senhora Ilsa levantou-se muito cedo e foi fazer sua visita matinal ao túmulo de Eleonora. Adriana saiu a passeio com George, só voltando ao meio-dia. Ao sentar-se à mesa, Amália fitou-a com olhos estranhos. Subitamente a moça soltou um grito e caiu ao chão desfalecida.

– Adriana! – gritou George desesperado. – Oh, não! Está acontecendo com ela o mesmo que com Eleonora!

– Minha querida – disse Dona Ilsa maternalmente –, tome este copo d'água e logo ficará boa.

Fernando retirou-se bruscamente da sala. Amália disse, vitoriosa:

– É a maldição! Dela ninguém escapa, ninguém!

O Senhor Danilo de Saint-Marie aconselhou:

– Vocês têm que casar-se logo, antes que o precipício chame Adriana, como fez com Eleonora.

O velho senhor era muito respeitado, sua sugestão era a única aconselhável. Ficou decidido então que a cerimônia seria logo realizada, um casamento simples, quase em segredo.

❖

No dia seguinte George foi ao povoado arrumar os papéis necessários para o casamento. Adriana ficou no castelo, tricotando e conversando com Lili, a criadinha, com quem fez grande amizade.

Amália caminhava sozinha pelos corredores. Suas passadas retumbavam no silêncio, ela parecia preocupada com alguma cousa.

Ao anoitecer, George voltou ao castelo, cansado, mas feliz. Dentro de uma semana será realizado o casamento.

CAPÍTULO XI

Passaram-se cinco dias de tensão em Saint-Marie. Adriana tinha visões e desmaios cada vez mais freqüentes. Certa noite ouviu-se um grito louco no castelo, mas não vinha dos aposentos de Adriana, e sim do quarto de Amália.

Todos correram para lá. A peça estava cheia de fumaça negra, uma língua de fogo lambia o teto.

– Tia Amália! – gritou Fernando penetrando no aposento. – Tia Amália, onde está a senhora?

Nesse momento ouviu-se um estrondo na parte norte da mansão, aquela parte do castelo acabara de ruir.

Subitamente uma horrenda gargalhada assustou a todos. Amália, correndo pelos corredores com um toco de vela na mão, parecia totalmente louca. Com uma expressão de fúria, ela gritou:

– Eleonora morreu! E Adriana morrerá também! Os Saint-Marie morrerão todos! Eu os matarei um a um! Sempre fui tratada como uma criada, mas me vingarei! Hei de matar a todos, todos!

George agarrou a infame governanta e puxou-a para fora da mansão. Adriana, a Senhora Ilsa e Danilo de Saint-Marie, com sua cadeira de rodas empurrada pelo mordomo Jacques, seguiram atrás. Lili já se encontrava lá fora.

– Jacques – pediu George –, segure Amália enquanto vou buscar Fernando.

E entrou novamente no castelo envolto em nuvens de fumaça. Adriana gritou por ele, mas o corajoso rapaz não a atendeu.

– George – chorava Dona Ilsa –, George, não... Perdi minha querida Eleonora, Fernando e agora George. Não, meu Deus, é demais para mim.

– Acalme-se, filha – disse o idoso Senhor Danilo. – George voltará e trará Fernando também.

Dona Ilsa chorava desconsoladamente. Adriana não sabia o que fazer. Amália acalmou-se, e lágrimas caíam-lhe dos olhos enquanto pronunciava palavras desconexas.

– Veneno, veneno... meu amor... Eleonora... Fernando... eu me vingarei... o pó... sim, o pó está lá dentro... deixem-me buscar o pó... os lençóis... os fantasmas... a maldição... ninguém escapa da maldição...

E sacudia a cabeça desgrenhada violentamente.

Nesse momento um formidável estrondo retumbou no silêncio da noite. O castelo de Saint-Marie já não existia. E... George?

– George! – gritou Adriana. – George, querido, onde está você?

Um grito respondeu ao chamado de Adriana: era George, curvado sobre o corpo inanimado de Fernando. Adriana correu para lá. Ao ver a moça Fernando sussurrou:

– Adriana... você... você me perdoa?

Adriana limpou com o lenço o sangue que escorria do peito de Fernando, acenando com a cabeça. “Sim”, murmurou, mas o homem já nada escutava. Fernando de Saint-Marie estava morto.

A Senhora Ilsa chorava mansamente enquanto acariciava os cabelos do rapaz.

– O que é que você perdoa, Adriana?

– Fernando era o pai de meu filho – murmurou Adriana.

E ante os olhos estupefatos dos outros a moça desfiou a sua longa e triste história. Dona Ilsa a abraçou, dizendo entre lágrimas:

– Você é uma Saint-Marie, Adriana. – E virando para Amália, perguntou friamente: – E você, o que tem a dizer?

Amália não oferecia mais resistência, e respondeu:

– Eu amava Fernando e odiava todos os Saint-Marie. Por isso suspendia lençóis à janela do quarto de Eleonora, e depois de Adriana. Uma negra velha da aldeia deu-me um pó branco que eu colocava nos alimentos de Eleonora e de Adriana, daí provinham os desmaios e tonturas.

– Terminou? – perguntou George, espantado com a revelação.

– Sim, terminei.

Lili comentou:

– Puxa, que mulher ruim!

Jacques, o mordomo, levou Amália ao povoado para deixá-la na delegacia.

– Perdi Eleonora – lamentava-se Dona Ilsa –, e agora perdi também Fernando...

– Não chore, mamãe – disse George. – A senhora ganhou uma filha.

Dona Ilsa levantou os olhos cheios de lágrimas para Adriana, procurando sorrir.

– Está feliz? – perguntou George a Adriana.

– Oh, George! – soluçou a moça. – Como posso estar feliz? Não mereço o seu amor. O meu coração estava cheio de ódio por Fernando, eu só pensava em vingança. Você me perdoa?

Como resposta, o rapaz abraçou-a e deu-lhe um leve beijo nos lábios. Talvez agora eles possam ser felizes, a pérfida Amália não fará mal a mais ninguém.

A aurora já põe os dedos cor-de-rosa no puro azul do firmamento. Contra o horizonte destaca-se a outrora mansão dos Saint-Marie, agora transformada em ruínas. Mais atrás vê-se a silhueta de dois jovens abraçados, parecendo uma promessa de esperança e fé no futuro.

O príncipe Sapo

À memória de Carmen da Silva

Numa tarde de novembro de 1966 eu estava em meu quarto no IPA, internato em Porto Alegre, lendo Graciliano Ramos, quando vieram trazer um envelope grande chegado de São Paulo. Era um exemplar da revista Cláudia *com este conto publicado e uma carta de Carmen da Silva. Há quase um ano, eu enviara o texto a ela pedindo apreciação, e não recebera resposta. A carta explicava: Carmen queria me proporcionar a surpresa da publicação, a primeira. Foi naquele momento que me tornei definitivamente escritor. Exceto por algumas palavras e parágrafos, não mudei mais nada nesta história. Tentar "melhorá-la" seria atraiçoar a inocência dos 18 anos que eu tive.*

Bonita mesmo ela nunca foi, sobre isso todos sempre estiveram de acordo. Ainda mais agora, já quarentona, os cabelos muito finos e lisos eternamente presos num coque sem graça, os olhos parados numa expressão estranha, misto de ironia e tristeza. Mas não se pode negar que tinha algo diferente – alguma coisa assim que transcendia o corpo e ficava pairando ao seu redor como... como uma névoa vaga de manhã de outono. (Ia dizer *auréola,* mas essa palavra lembra santa e isso eu garanto que ela nunca foi.) O fato é que ela possuía uma graça especial, talvez o modo como se debruçava à janela, ou mesmo o jeito oblíquo de sorrir apertando os lábios, como se temesse revelar no sorriso todo o seu mundo interior.

Teresa era seu nome. Nome comum que não lembra nada nem ninguém – a não ser as duas santas, a Teresinha de Jesus na música infantil e a Teresa Cristina imperatriz, com as quais aliás nem um pouco ela se parecia. Pois Teresa vinha de uma família muito numerosa. Onze irmãs. Todas com T de inicial no nome também. Teresa, sorte dela, foi das mais velhas, pois a décima segunda, esgotado o reservatório de nomes, foi batizada como Telêmaca. Mesmo essa conseguiu casar. Todas as outras conseguiram, menos Teresa. Foram-se indo aos poucos todos aqueles tês, como a água numa banheira vai sumindo, sumindo, de repente a gente depara com a banheira vazia e pergunta: "Ué, cadê a água?" Foi isso que aconteceu com Teresa. Madrinha, testemunha ou aia de todos os casamentos. Sempre sorridente, feliz com a felicidade das outras, escondendo uma ponta, só uma pontinha, de inveja boa. Os parentes já se olhando de esguelha, trocando sorrisos maliciosos, fazendo apostas ferinas: "Será que esta encalha?" As irmãs casando e Teresa sobrando, o corpo fanando, a carteira e as luvas puindo de tanto casamento. E um misto de amargura e expectativa se acumulando num fundo de alma.

"Minha vez também há de chegar", pensava, comparando-se às dez irmãs. E tirava, honestamente, um saldo a seu favor: era mais inteligente, mais desembaraçada, mais elegante. Mas ia sobrando. E a esperança – a esperança ameaçando tornar-se real no primo Gonçalo, de olhos verdes, verdes, tocador exímio de violão, seresteiro incorrigível, partido visado pelas moçoilas românticas e temido pelos papais, aquela esperança apequenando mais e mais no coração de Teresa. Foi-se de vez no nono casamento: Tanira e Gonçalo confirmam. Teresa, madrinha mais uma vez. Sorriso desta vez como pintado no rosto onde os olhos mostraram, pela primeira vez, aquele misto de ironia e tristeza. Depois a festa, os doces, as danças, os pares rodopiando, o violão, os olhos – meu Deus, tão doidamente verdes! – de Gonçalo postos nos olhos sem graça da irmã. Teresa enfiada num canto, falando de pontos de crochê para dona Anaurelina, buço cerrado, seios fartos, mãe de Gonçalo rodopiando na valsa e olhos (ainda, Deus meu!) postos nos olhos de Tanira.

À noite, sozinha na cama, amargura, culpa, choro envergonhado, desejos inconfessáveis, pensamento em Gonçalo. Olhos nos olhos de Tanira, tão desvairadamente verdes. Os noivos na cama longe dali decerto abraçados, colados, fundidos. Olhos nos olhos mesmo no escuro. A cor dos olhos dele devia brilhar no escuro, como os dos gatos, dos tigres. Um gato no cio miou lá fora, e ela revirando-se, mãos buscando água na mesinha de cabeceira, sono pesado, pesadelo verde, cheio de olhos e gatos, valsas e tigres. Na manhã seguinte, a vergonha de si mesma, das coisas que pensara durante a noite – seria doida? O medo de retratar-se em cada gesto, em cada palavra, a fazia cerrar-se áspera à menor tentativa de aproximação dos pais e das irmãs restantes. E à noite, outra vez, o corpo ardia no desejo impossível do corpo do primo. Os dias atordoados, as noites longas, suores, frustração. O tempo, remédio pra tudo, diziam, passando. As irmãs casando sem parar. Teresa ressecando. Os pais morrendo.

Quando eles morreram, o pai menos de ano depois da mãe, ela não chorou. Já havia esgotado, pensava, sua capacidade de sofrer. Mas pensando na relativamente boa situação financeira em que ficara após a morte deles, a única solteira e desamparada, não podia deixar de lembrá-los com gratidão.

❖

Teresa de luto fechado, sozinha em casa com o gato. Às segundas, visita de Têmis; às terças, visita de Tania; às quartas, de Telma; às quintas, de Tatiana; às sextas, de Tília, que as outras moravam em outras cidades. Os sábados livres para igreja, cemitério. Domingos: banho, vestido bem passado, talco, perfume, coque, janela. Olhos gulosos nos homens que passavam. Olhos úmidos ao ouvir as crianças de mãos dadas cantando "Se eu roubei, se eu roubei teu coração, tu roubaste, tu roubaste o meu também". Novelas no rádio e leituras para matar o tempo. No começo, desde almanaques de farmácia até livros de colégio, depois dedicou-se somente às histórias infantis. Domingo à tarde, debruçada na moldura verde da janela, em segredo punha nos vizinhos apelidos tirados dos livros. Branca de Neve era a moça branca e anêmica, diziam que tuberculosa, filha de seu Libório açougueiro que, por sua vez, era o gigante de João e o Pé de

Feijão. As irmãs Rosa Branca e Rosa Vermelha, as duas metidas filhas do médico, e a Moura Torta, a portuguesa da venda, coitada, tão boazinha apesar do narigão e da corcunda.

E foi assim que apareceu o príncipe Sapo.

Teresa adorava aquela história, já lera mais de dez vezes. "Ai como sou besta e sem fundamento", pensava, tamanha mulher lendo e ainda por cima gostando dessas bobagens para crianças." Pensava vagamente em procurar um médico para curar a mania, ouvira falar de psicólogos, médicos de cabeça, que curam coisas assim. Mas não fazia nada. Fugia a toda hora para aquele mundo feito de casas de doce, castelos, fadas, maçãs mágicas. Sonhava com o príncipe Sapo. Negava o real, enojava-se da lembrança de Gonçalo, braços cabeludos, peito cabeludo, suado, cheiro de homem, cigarro e cerveja, banhas incipientes com o casamento. Tinha nojo, sim. Comparava-o ao príncipe Sapo – louro, delicado, perfumado, olhos azuis – não verdes, verdes não! –, tocando piano com aquelas mãos tão alvas. Gonçalo tocava violão. Teresa odiava violão, amava violão. Odiava Gonçalo, amava Gonçalo. De manhã, no espelho, chamava-se em voz alta de besta, besta, besta. Estava ficando louca e velha e feia e quase quarentona e ressecada e cínica, até cínica, meu Deus. Chorava. Recompunha Gonçalo na memória traço por traço, depois apagava tudo com as imagens dos príncipes das histórias infantis.

❖

Resolveu então encontrar o príncipe Sapo. Durante três domingos procurou-o inutilmente em todos os homens que passaram sob a janela. No quarto, debruçada na janela verde, cabelos presos no coque, talco, banho recente, corpo apaziguado – pois no quarto domingo achou. Não, não era louro nem delicado, nem tinha os olhos azuis. Resumindo: em nada se parecia à gravura do livro. Em compensação, lembrava tanto um sapo que ela não pôde deixar de olhá-lo atenta.

E lá vinha ele descendo a rua, baixinho, cheio de tiques, os olhos saltados saltando para os lados. Um terno surrado dançando no corpo franzino, uma pasta embaixo do braço, caminhando como se fosse aos saltos. Um sapo perfeito.

Ela riu alto e ele quase parou, espantado com aquele riso tão claro na garganta da solteirona da janela verde. Depois se foi, baixinho, nervoso. Teresa ficou olhando até que desaparecesse na curva da rua. À noite sonhou com ele. Não mais com a figura do livro, mas com ele mesmo, o sapo. Sonhou coisas que a fizeram corar no dia seguinte, olhando-se ao espelho e chamando-se baixinho de cínica, cínica, cínica.

Indagou pela vizinhança, até descobrir. Era professor de piano, pobre, solteiro, morava na pensão da esquina. O nome: Francisco, todos chamavam de Chico. Nada lembrava príncipe, nem sapo. Professor de piano, isso gostava. Resolveu comprar um piano. Comprou. Tomásia, Tônia, Tatiana, demais tês e respectivos maridos censuraram-na por jogar fora assim a herança dos pais, coitados, tão bons, falecidos há tão pouco tempo, e ela já querendo gastar dinheiro, assanhada, ingrata, e num piano, logo num piano, coisa preta, grande e quase sem utilidade, a não ser tocar, coisa que aliás ela não sabia, profanadora do luto, arriscando-se a levar castigo divino, nem parecia que respeitava a memória deles, nem parecia que era católica apostólica rom...

– Chega! – berrou Teresa, replicando que já tinha quase quarenta anos, o dinheiro era seu, fazia o que bem entendesse dele, não seria por isso que deixaria de amar os pais, coitados, tão bons, falecidos há tão pouco tempo. – E além disso – continuou frenética –, vocês têm seus maridos e filhos para se distrair, e eu, que que eu tenho? Me digam, o que que eu tenho nesta casa vazia?

Escândalo. As irmãs saindo uma a uma, trombudas, chamando-a de cínica, cínica, cínica. Relações cortadas.

❖

Mas o piano veio. Grande, rabudo, pretíssimo. Dedos cansados acariciando teclas à toa. Sons difusos, dissonantes, espalhando-se pela casa grande e deserta, entrando no coração amargurado de Teresa, ferindo-o de leve. Leve como o toque de seus dedos nas teclas frias, frias como as lágrimas pingando no assoalho escuro, escuro como a madeira envernizada do piano na qual ela passava a mão como se fosse uma pele de gente.

Não perdeu tempo. Em seguida, as aulas. O príncipe Sapo batendo tímido na porta. Olhos baixos, pés esfregados no capacho. E escalas, escalas e mais escalas. Notas, sustenidos, bemóis, cachorro vai, dó-ré-mi, claves, mi-dó-ré, pauta, compasso, cachorro vem, ré-mi-dó. Teresa deslumbrada, como se tivesse em suas mãos a chave do cofre onde o mundo esconde seus tesouros. Quase esqueceu-se do verdadeiro motivo pelo qual comprara o piano, tanto gostava de música. A solidão nem mais pesava. Havia agora um amanhã, um ontem, um hoje. Havia o piano, as lições, os exercícios. Esqueceu o gato, a janela no domingo, os livros infantis, as novelas. Havia o piano. E havia também o príncipe, o Sapo.

No começo tinha nojo dele. O homenzinho apagado demais, humilde demais, sempre quieto, como consciente do desprezo que provocava, e por isso mesmo mais desprezível. Mas ao cair de uma tarde, Teresa surpreendeu-se a olhá-lo com pena, depois com compreensão, depois com simpatia, depois... Bem, noutro dia suas mãos tocaram-se rápidas sobre o teclado. Afastaram-se logo. A dele trêmula, nervosa; a dela hesitante; ambas, encabuladas. No dia seguinte buscaram-se discretamente, tocando-se como que por acaso, as quatro mãos. Uma semana mais tarde olharam-se nos olhos. Olhos fatigados, de gente quase velha, quase sem ilusões.

O piano cantava cada vez com mais alegria, os rumores na rua cresciam, todo mundo comentando a pouca vergonha. Mas Teresa feliz, feliz, feliz. Uma página inteira feliz. Um livro inteiro feliz. Um mundo inteiro, Teresa feliz.

❖

Até que Gonçalo, sempre o cunhado mais decidido, veio falar com ela. Tranqüila, Teresa ouviu...

– Olha, não temos nada com a sua vida, nem eu

nem sua irmã, mas achamos que devemos... – pigarreou, tossiu, meio engasgado com as palavras difíceis ensaiadas antes – ... devemos zelar pelo bom nome da família, tão representativa na sociedade local. Afinal de contas, seus pais...

– ...coitados, tão bons, falecidos há tão pouco tempo – interrompeu Teresa distraída.

Gonçalo parou, surpreso. Ela sorriu com o canto da boca. Ironia, ele desconfiou. Mas prosseguiu:

– Pois é, isso. Eles não haviam de gostar.

– Mas gostar de quê?

– Desses rumores.

– Quais *rumores,* Gonçalo?

Ele começou a perder a paciência. Os olhos antigamente tão incrivelmente verdes! ela pensou com pena – ganharam um brilho frio e mau e opaco de vidro sujo, fundo de garrafa.

– Ora, Teresa, não se faça de inocente. Você já não é mais nenhuma criança, já tem trinta e cinco anos e...

– Trinta e oito.

– Pois é, isso. Não é mais idade de andar namoricando com esse tal de professor que não tem nem onde cair morto, e deve estar de olho mesmo é no seu dinheiro, esse...

– Príncipe Sapo.

– Hein?

– Príncipe Sapo, ora.

Gonçalo olhou melhor para ela. E adoçou a voz como quem fala com uma criança – ou uma louca –, os olhos retomando por segundos aquele verde bom de antigamente.

– Que príncipe, Teresa?

– Sapo, já disse. Que coisa, parece surdo. Aquele que pegou a bola de ouro da princesa e pediu para ir com ela, comerem juntos, dormirem juntos, você sabe.

Gonçalo desviou os olhos e deslizou-os pela sala, o piano enorme e o retrato de Chico Francisco príncipe Sapo sobre ele. Teresa acompanhou seus olhos pensando – "Gonçalo, eu amei você. Seus olhos verdes, seu violão. Amei a serenata que você nunca me fez". Depois foi falando devagar, sílaba por sílaba, como se o que dissesse fosse algo muito frágil:

– Eu vou me casar com o Chico – "Francisco príncipe Sapo", completou mentalmente. E mentiu, deixando-se embalar pelas próprias palavras: – Já mandei até ver o vestido, branco, comprido, com uma cauda deste tamanho. Vou casar de noiva, dos pés à cabeça.

Gonçalo suspirou. Já ouvira falar de muitos casos assim, essas moças passadonas, solitárias. Podia ficar ainda mais grave com o passar do tempo. Não tinha cura. Pediu licença, levantou e se foi, levando para sempre seu olhar já nem tão verde e a serenata frustrada.

❖

Pausa de uma lição. Sobre o guardanapo branco do piano, chá e bolinhos. Zumbido de mosca voando, entontecida pelo calor. Teresa com os dedos que há pouco ensaiaram no teclado, sem erro, a primeira parte de *Pour Élise* descansados no regaço. Feliz, feliz, feliz.

– Chico – disse de repente –, nós vamos nos casar.

Silêncio. Teresa envolveu com olhar terno aquele homem pequenino demais, humilde demais – mas tão seu, o único que a vida lhe dera. A mosca zumbia mais, o calor aumentava, cinco da tarde de janeiro. Então ele olhou bem fundo nos olhos dela. Tinha uns olhos pardos, salientes, caídos, infinitamente tristes.

– Eu não posso, Teresa. Não posso casar com você. Nem com ninguém.

E foi explicando aos trancos, a voz ainda mais baixa, mais cansada.

– Foi no quartel, há muitos anos. Uma granada, você sabe, explosão, um acidente, estilhaços. Não sou homem inteiro. Só meio homem, entende, Teresa? Não me obrigue a falar nisso!

Teresa endureceu o rosto, imóvel na cadeira. Antes que ela falasse, o príncipe Sapo foi saindo exatamente como entrara: cabeça baixa, meio tropeçando no capacho. Na porta ainda parou e olhou para trás. E achou-a tão bonita ali sentada na sala clara, ao lado do piano, aquele olhar triste e irônico, os cabelos finos e lisos presos no eterno coque, as mãos cruzadas no regaço, tão bonita que não pôde deixar de sorrir.

Foi esse sorriso que doeu em Teresa. Doeu pelo resto da vida.

Ah, pobre Teresa, irmã de mil outras teresas do mundo inteiro. Piano vendido num leilão. Domingo à tarde, cabelos num coque, banho recém-tomado lavando mágoas e suores. Teresa na janela verde. Teresa olhar irônico e triste. Teresa olhar guloso em todos os homens que passam. Teresa de olhos úmidos ouvindo as crianças a esganiçar *Rua da Solidão*. Fogueira no corpo ainda virgem de quase quarenta anos, fogueira no fundo do pátio incendiando livros e sonhos, bruxas e príncipes. Vontade de gritar, gritar bem alto e bem forte, sozinha à beira do fogo. O vento bate e salva do fogo uma página colorida e sopra-a pela rua afora. Ah, outra vez essa vontade de gritar um grito alto e triste que dobre lá longe, junto com a folha colorida em chamas, na mesma esquina onde dobrou para sempre Francisco Chico príncipe Sapo última esperança.

A visita

Para Dante Casarini

Este é meu tributo à moda do realismo-mágico latino-americano. Escrita em 1969, na Casa do Sol de Hilda Hilst, entre Campinas e Jaú, onde eu estava escondido do DOPS, A visita *nasceu das leituras que fazíamos de Carlos Fuentes, Juan Rulfo e principalmente García Márquez. Foi publicada duas vezes: primeiro no Suplemento Literário de* O Estado de S. Paulo, *por artes e prestígio de Hilda; depois no Caderno de Sábado do* Correio do Povo.

Irreconhecível
Me procuro lenta
Nos teus escuros.
Como te chamas, breu?
Tempo.
(Hilda Hilst: *Da Morte, Odes Mínimas*)

I

Ele chegou devagar e sentou-se na varanda coberta de begônias empoeiradas, sem uma palavra. Ninguém perguntou de onde vinha. Naquela casa cheia de gentes e barulhos cotidianos, um inesperado silêncio respeitou sua chegada. As crianças o olharam com curiosidade – a mesma curiosidade que os adultos continham brotava nelas, espontânea, e cercavam o homem sem medo, achando apenas estranha aquela figura esfarrapada, mas muito limpa, de pés descalços semelhantes a raízes. O homem parecia não reparar nelas, nem nos outros. Olhava para longe sem se mover, olhava para longe com alguma coisa determinada e fatal guardada nos olhos. Alguns suspeitaram nesse olhar sabedorias trazidas dos lugares por onde andara, compreensões maiores, aprendizados tão amplos que voz nem gesto expressariam. "O que mais sabe é o que mais cala", sussurravam numa aceitação de seu silêncio. E passavam como se não o vissem, sequer comentando entre si a chegada dele, estabelecendo tácitos que ele ali estava, e nada modificaria essa situação. Os mais antigos olhavam o retrato pendurado na sala, investigando semelhanças: o retrato amarelado pelo tempo, o homem amarelado pela vida. Mas embora os traços fossem os mesmos – a curva no nariz adunco, o vinco duro e fundo no canto da boca, o rosto encovado e longo –, embora mais castigados pelos anos, havia no homem da varanda uma claridade que o retrato não tinha. Havia no homem como uma aura quase insuportável de lucidez e ausência. Então eles todos, menos as crianças, sentiamse toscos e evitavam passar perto. Sabiam que não se atreveriam jamais a chegar perto daquele homem.

Aceitaram-no pelo dia afora, a casa aos poucos se enchendo de tensões pelos cantos. Elas se amavam, as pessoas daquela grande família, embora fosse um amor cotidiano, distraído, não de palavras e gestos mas de lençóis trocados em dias certos, refeições nas horas exatas, roupa lavada, delicadezas um pouco mecânicas. Mas com o dia avançando, as sombras ampliavam a presença do homem pela casa inteira. Essa sombra se infiltrando devagar em cada quarto jogava no rosto de cada um tudo aquilo que não haviam sido, que não haviam feito, tudo aquilo que tinham apenas ameaçado ser, intensos e cheios de sangue, para depois se amoldarem num dia-a-dia feito de automatismos. Quieta, remota, a presença do homem era uma afronta.

À hora do jantar, comeram em silêncio, trocando os pratos sem gentileza, os tinidos do metal na louça substituindo o afeto entre as paredes caiadas. E pela primeira vez, Valentina não riu. Distribuía os pratos rápida, ordenada, a boca endurecida depois de anos de riso aberto.

II

As crianças foram postas mais cedo na cama, conscientes apenas de que havia um desconhecido sentado na varanda. Os outros permaneceram na sala. Valentina tricotava enquanto as mulheres remexiam na cozinha e os homens fumavam cigarro após cigarro, todos em silêncio. Não se atreviam a formular as perguntas soltas no ar – viera para ficar, o homem? seria preciso arrumar uma cama para ele? e no quarto de quem? o que queria, depois de tanto tempo? Esqueceram de levar o chá para a avó inválida, esquecida na cama. E às dez horas, respeitando as batidas do velho relógio, recolheram-se a seus quartos em passos medidos e boas-noites medrosos.

Apenas Valentina ficou na sala, as agulhas trabalhando numa enorme trama azul-marinho, quase negra, que já escorregava de seus joelhos para atingir o chão, encaminhando-se como uma serpente lenta para a porta da varanda. Por duas horas ainda trabalhou, até que toda a sala estivesse coberta por aquele tapete, ou rede, ninguém saberia dar nome. À meia-noite levantou-se e espiou.

O homem continuava lá, na mesma posição desde que chegara. Como um faraó na cadeira dura, as duas mãos pousadas sobre as coxas, as palmas voltadas para baixo, os olhos fixos além de tudo. Escondida atrás das cortinas, Valentina viu que seus pés descalços pareciam raízes grossas ameaçando entrar pelo chão de tijolos, viu que suas unhas eram longas, ovaladas e quase verdes, feito folhas, e que seu rosto pétreo parecia um fruto sendo aos poucos esculpido, ainda verde, mas cheio de sementes que transpareciam no olhar. Desejou aproximar-se, tocá-lo, saber até que ponto aquela carne que tinha sido sua e lhe plantara filhos de carne também dentro de sua própria carne continuaria quente ao toque. Até que ponto continuavam mornas aquelas mãos que haviam despertado regiões desconhecidas de seu corpo, até que ponto continuava vivo aquele membro que fizera germinar cinco filhos em seu ventre. Não se atreveu. Chegou a ensaiar alguns passos na fronteira da varanda, pensando em ternuras, solidões há muitos anos caladas. Mas em torno do homem, como um ímã às avessas, alguma coisa repelia qualquer tentativa de aproximação.

Lenta, então, Valentina voltou para o próprio

quarto e, embora não fosse o dia, escolheu os lençóis mais brancos e os travesseiros mais macios para fazer cama nova. Sacudindo panos, a janela aberta, fez com que o cheiro de alfazema se desprendesse para avançar até a varanda de begônias empoeiradas. Abriu a porta do quarto para que o homem percebesse o convite, trouxe da cozinha um caldo quente e colocou-o sobre a cômoda, dobrou uma toalha limpa e colocou-a dobrada sobre a cama com um sabonete de benjoim. Depois de tudo pronto, abriu leve a porta dos quartos dos filhos e noras, dos netos, da mãe, viu que dormiam em paz e voltou para o próprio quarto. Então olhou sua própria sombra projetada na parede: um pouco curva, os seios murchos, caídos, as mãos cheias de rugas, as articulações nodosas, e aquele riso permanente durante os quase trinta anos que ele se fora, aquele riso que de mero dissímulo passara a ser verdade, aquele riso agora pesava, pesava, pesava.

III

No dia seguinte, os filhos no trabalho, as noras espalhadas, os netos na escola, espreitou o quarto, a cama, o caldo, a toalha, o sabonete. Permaneciam intocados, e o homem na varanda na mesma posição do dia anterior. Estaria morto? perguntou-se sem susto, quase tranqüilizada. Morto o homem, a casa voltaria a ser como antes e ela teria seu riso de volta. Mas, mesmo visto de longe, embora imóvel, o homem transpirava e pulsava na manhã escaldante de janeiro. Procurou então a mãe, no quarto. Abriu as cortinas enquanto um cheiro de mofo e dois olhos brilhantes saltavam do fundo da cama.

– Mãe, ele voltou.

– É tempo – disse a velha.

– Mãe, o que faço?

– Você está velha.

– Mãe, o que faço?

– Você está feia, Valentina.

– Mas o que faço, mãe? Ele está lá fora, na varanda. Ele está lá, no meio das begônias. Desde ontem, ele está lá, mãe.

A velha levantou o braço e mostrou o espelho amplo, de parede inteira. E num susto Valentina viu sua própria pele cor de terra, seu vestido desbotado, sua boca de riso morto parecendo costurada, as mãos como dois pergaminhos crispados, uma teia de rugas espalhada por toda a pele.

Naquele dia, esqueceu do almoço, da limpeza da casa, do pó sobre os móveis, de tudo que fazia todas as manhãs. Debruçada na janela olhava com olhos parados a rua enchendo-se de cores e movimento, sem responder aos cumprimentos dos vizinhos. Quando os outros voltaram de suas ocupações, jogou um pedaço de carne sangrenta numa panela com água e não arrumou a mesa nua. Sentada à cabeceira, olhava e agradecia. Os filhos eram bons. Mesmo o filho viúvo era alegre e bom e trabalhador, nunca o vira lidar com mulheres, bebida, jogatina. Quis sorrir para todos eles e para suas mulheres e para suas crianças, mas a boca costurada não obedecia. Então Valentina chorou. Todos compreenderam seu choro, e não perguntaram nada, nem tentaram consolá-la. Os traços de seu rosto pareciam desfazer-se com as lágrimas, caindo líquidos na madeira marcada. Mas os ombros não tremiam, e não havia nenhuma contração em sua boca, nenhum som em sua garganta. Sem revolta, ela aceitava. E chorava pela perdição de aceitar o que não pode ser modificado.

IV

Na varanda, o homem continuava. Dois dias se passaram, uma semana, um mês, muitos meses. E o homem lá, em meio às begônias cada vez mais emaranhadas, sem comer nem falar. O homem já esquecido pelas crianças, indiferente a todos os chamados que Valentina inventava. O tricô azul, quase negro, agora cobria a casa inteira – tapete, cortina, toalha de fios grossos onde todos se enredavam sem compreender, sem perguntar.

Certa noite Valentina ouviu risos no quarto do filho viúvo. Suspendeu o trabalho das agulhas e, pelo buraco da fechadura, espiou. Estavam lá, todos os filhos, mais duas mulheres e dois homens desconhecidos, todos nus, entre garrafas vazias, cartas de baralho manchadas de vinho, camas desfeitas. Alguns dos homens abraçavam as mulheres, outros abraçavam os homens, e todos juntos se abraçavam e beijavam e rolavam e gemiam feito animais.

A madrugada vinha chegando. Ela saiu para o pátio e embaixo do umbu de tronco apodrecido observou a casa. O reboco caía em placas, a pintura das janelas descascava, teias de aranha pendiam do teto, morcegos esvoaçavam, ervas daninhas tramavam-se na terra. Num dos quartos, a velha mãe apodrecia morta e esquecida sobre a cama, as cinzas transbordavam do fogão até a porta da cozinha, as crianças comiam terra junto com os porcos. Olhou para si mesma, e sentiu o cheiro de suor antigo de seu próprio corpo, viu o vestido sem cor, as unhas enormes, os cabelos soltos despencando duros e sujos ao lado do rosto. O sol recém-nascido agora crestava as plantas, a terra se abria em rachas secas, um vapor fétido se evolava das coisas e milhares de moscas voavam tontas sobre os montes de lixo.

Valentina cruzou os braços sobre o peito, procurando dentro de si algum recanto úmido capaz de amenizar aquela secura das coisas. Mas dentro dela havia o mesmo deserto, as mesmas gretas, os mesmos vapores e moscas. Espiou a rua por entre os cacos de vidro do muro, e além dos portões de ferro o mundo inteiro era também vazio, árido, seco. Nos quartos os homens riam cada vez mais alto, mulheres nuas pintavam unhas de vermelho na cozinha, os pés apoiados sobre a mesa, e passeavam todos nus pela casa sem se importar que ela os visse com as mulheres, com os outros homens, com os animais, com as crianças, com eles mesmos, enredando-se bêbados nas tramas azuis muito escuras do tricô que cobria tudo.

Endurecida, Valentina olhava sem choque nem nojo. E de repente, como uma salvação possível, lembrou-se do homem que permanecia esquecido na varanda de begônias empoeiradas. No homem havia umidade quando estava seco, havia calor quando estava frio, no homem havia tudo o que precisava e um dia tivera e o que se fora para sempre e o que não voltaria nunca mais a ser. Correu para a varanda, atravessando seu próprio quarto onde o cheiro forte da alfazema antiga dava tonturas, tropeçando nos pratos espalhados pelo chão, enredando-se nas malhas que ela mesma tecera. Falaria, falaria agora, falaria enfim – dizia para si mesma, rindo outra vez, os lábios descosturados outra vez.

Ao atingir a soleira da porta, percebeu que o círculo de repulsão em torno do homem já não existia. Avançou, estendeu a mão. Tocou de leve no tronco da figueira que crescera arrebentando os tijolos do chão, esmagou entre os dedos um dos frutos verdes que deixou na sua pele um sumo pegajoso, adocicado, ardido. Bebeu daquele líquido, água, esperma, leite. Depois deixou a cabeça pender entre as samambaias e avencas tramadas nas begônias, os cabelos confundiram-se na poeira das plantas, o corpo foi rodando lento e oscilou precário até encontrar o frescor do chão de tijolos. Deixou que tudo acontecesse sem um grito, sem espanto. E quando finalmente sentiu-se protegida e úmida, e limpa e sorridente outra vez, e confortável e em paz, deixou que seus movimentos se espaçassem, suspirou e morreu.

Introdução ao Passo da Guanxuma

À memória de Erico Verissimo,
que acreditava em mim

A primeira vez que a cidade imaginária Passo da Guanxuma apareceu num conto meu foi em Uma praiazinha de areia bem clara, ali, na beira da sanga, *escrito em 1984 e incluído no livro* Os dragões não conhecem o paraíso. *Naquele conto é narrado o assassinato de Dudu Pereira, que volta a aparecer aqui. Em outras histórias, voltou a aparecer o Passo, até que assumi a cidade, um pouco como a Santa María de Juan Carlos Onetti. Este texto, de 1990, pretendia ser o primeiro capítulo de um romance inteiro sobre o Passo, tão ambicioso e caudaloso que talvez eu jamais venha a escrevê-lo. De qualquer forma, acho que tem vida própria, com o estabelecimento de uma geografia e esses fragmentos de histórias quase sempre terríveis respingados aqui e ali como gotas de sangue entre as palavras.*

Por quatro pontos pode-se entrar ou sair do Passo da Guanxuma. Vista de cima, se alguém a fotografasse – de preferência numa daquelas manhãs transparentes de inverno, quando o céu azul de louça não tem nenhuma nuvem e a luz claríssima do sol parece aguçar em vez de atenuar a navalha do frio solto pelas ruas, com o aglomerado das casas quase todas brancas no centro, em torno da praça, e as quatro estradas simétricas alongando suas patas sobre as pontas da Rosa dos Ventos – e ao revelar o filme esse fotógrafo carregasse nas sombras e disfarçasse os verdes, a cidade se pareceria exatamente com uma aranha na qual algum colecionador tivesse espetado um alfinete bem no meio, como se faz com as borboletas, no ponto exato em que as quatro estradas se cruzariam, se continuassem cidade adentro, e onde se ergue a igreja. A torre aguda da igreja seria a cabeça desse alfinete prendendo no espaço a aranha de corpo irregular, talvez disforme, mas não aleijada nem monstruosa – uma pequena aranha inofensiva, embora louca, com suas quatro patas completamente diferentes umas das outras.

LESTE: OS PLÁTANOS

Os românticos e sonhadores, esses que imaginam vidas vagamente inglesas, de paixões contidas, silêncios demorados e gestos escassos mas repletos de significados, preferem a estrada do leste. Ela vai subindo da cidade em tantas curvas que as pessoas são obrigadas a diminuir a velocidade, tanto faz que andem a pé, a cavalo, de automóvel ou bicicleta, até chegarem ofegantes na alameda de plátanos. Lá, onde já não existem casas, fora um ou outro rancho perdido no campo entre capões de eucaliptos, a estrada começa seu caminho em direção a Porto Alegre. Os plátanos são muito altos, dos dois lados da estrada, e as folhas superiores, de ambos os lados, quase chegam a se misturar, formando uma espécie de túnel –

que mesmo antes do filme com Doris Day, grande sucesso do Cine Cruzeiro do Sul, ganhou o nome de Túnel do Amor. No final de maio, a luz do sol deitando no horizonte oposto bate oblíqua nas folhas douradas e vermelhas caídas no chão e nas que ainda restam nos galhos cada vez mais descarnados para revestir inteiro de ouro o Túnel do Amor. Forra-se de prata também, nas noites de lua cheia, principalmente as de Câncer, Leão ou Virgem, em pleno verão, quando as árvores já recuperaram as folhas e, no auge do verdor, preparam-se para perdê-las outra vez. Novamente entrelaçadas nas copas altas, dispondo sombras, noite alta elas conspiram a favor daqueles namoros considerados *fortes* e de certas amizades estranhas, como aquela que durante anos uniu a Tarragô filha do vice-prefeito à alemoa Gudrun da revistaria.

Mesmo que nada mais existisse lá, só o Túnel seria suficiente para que os apaixonados do Passo preferissem essa estrada a qualquer outra das três, mas há outras razões. Tomando-se uma picada de terra batida à direita de quem vem da cidade, pouco antes da alameda, chega-se à casa de Madame Zaly, cartomante, vidente e curandeira respeitada por todo Estado e, dizem mas ninguém prova, a aborteira mais hábil da cidade, com seus devastadores chás de arruda e outras tisanas. Madame Zaly, cega de um olho coberto por venda preta e estranho sotaque – alguns juram que peruano, outros francês, indiano os mais delirantes, mas para os heréticos mera língua presa –, também planta girassóis e se alguém lhe perguntasse por que, certamente explicaria, sacudindo as muitas pulseiras de ouro, que é nativa-do-signo-de-Leão-e-os-leoninos-precisam-do-sol-em-todas-as-suas-formas. Nas tardes de verão, quando os girassóis escancaram as pétalas amarelas em volta da casa de tábuas também amarelas de Madame Zaly, de dentro do Túnel do Amor pode-se ver aquele exagero de ouro respingado em gotas sobre o verde do campo. E quando, de dezembro a março, alguma moça volta ao Passo com um girassol dos grandes nas mãos, ou dos pequenos nos cabelos, todo mundo fica logo sabendo que ela foi ou ver o futuro ou matar uma criança. Foi assim que Dulce Veiga certa vez entrou na cidade de tardezinha, pouco antes de ir embora para sempre, um girassol dos pequenos entre os cabelos naquele tempo ainda castanhos, lisos, caídos abaixo da cintura, tantos anos atrás, quase ninguém lembra sequer que ela era de lá.

NORTE: AS SANGAS

Menos romântica e mais erótica, porque no Passo amor e sexo correm tão separados que até as estradas refletem isso, é a pata estendida em direção ao norte. Do vale onde fica a cidade ela sobe áspera, em linha reta até o topo da coxilha da zona do meretrício. Aqui, assim como Madame Zaly reina a leste com seus estranhos poderes sobre as plantas e os destinos, quem brilha soberana sobre a carne e os prazeres é La Morocha, uma paraguaia meio índia de olhos verdes estreitos de cobra e cuia de mate novo sempre entre os dedos cheios de anéis. O mais vistoso deles, dizem, uma serpente de prata com olhos de rubi autêntico, mas dizem tanta coisa no Passo sobre as vidas alheias, teria sido presente do próprio lendário prefeito Tito Cavalcanti, quase trinta anos no poder, que a teria trazido ainda petiça lá dos lados de Encarnación. Passada a meia dúzia de casas dos domínios de La Morocha, só a dela de material, com parreira nos fundos e hibiscos vermelhos na frente, à esquerda e à direita do outro vale em que a estrada do norte afunda num pontilhão de madeira, estendem-se os lajeados e a sanga Caraguatatá. De águas fresquíssimas no verão e gélidas nas manhãs de inverno, cobertas por uma camada de geada tão fina que dá a impressão de que bastaria soprar leve na superfície para rachá-la em cacos e ver os lambaris do fundo.

Essa, claro, é a estrada preferida da bagaceirada do Passo. Nas noites de verão dizem que a soldadesca, os rapazes e até senhores de família, médicos e vereadores costumam arrebanhar o chinaredo das pensões de La Morocha para indescritíveis bacanais na beira dos lajeados, com muita costela gorda, coração de galinha no espeto, cachaça, violão e cervejinha em caixa de isopor. Depois dessas noitadas a areia branca da pequena praia da sanga Caraguatatá amanhece atulhada de brasas dormidas, pontas de cigarro, restos de carne mastigada, algum coração de galinha mais fibroso, camisas-de-vênus úmidas, tampinhas de garrafa, restos de papel higiênico com placas duras e, contam em voz baixa para as crianças não ouvirem, às vezes algum sutiã ou calcinha de cor escandalosa, dessas de china rampeira, alguma cueca manchada ou sandália barata de loja de turco com a tira arrebentada.

Ao cair da tarde, principalmente em janeiro quando as famílias direitas buscam o frescor da sanga, a tradição manda os maridos irem na frente para limparem discretamente as areias, enquanto as senhoras se fingem de distraídas e diminuem o passo, sacudindo as toalhas sobre as quais vão sentar, que Deus me livre pegar doença de rapariga, comentam baixinho entre si, mas algum guri metido sempre acha alguma coisa nas macegas. Os lajeados são muitos, a sanga Caraguatatá desdobra-se secreta e lenta entre pedras, algumas tão altas que podem ser usadas como trampolim, e para quem tiver coragem de entrar pelo mato cerrado onde, dizem, até onça tem, revela praias de águas cada vez mais cristalinas, que pouca gente viu. Numa delas, certa manhã de setembro, Dudu Pereira foi encontrado morto e nu, a cabeça espatifada por uma pedra jogada ao lado, ainda com fios de cabelo grudados, lascas de ossos e gotas cinzas de cérebro.

SUL: O ARCO

Em direção ao pampa e ao Uruguai, além do pobrerio da Senzala espalhado em malocas de telhado de latão, há o quartel do Passo com a Vila Militar Rondon ao lado, sempre com alguns cariocas de fala chiada e meio sem modos, todo mundo acha. Tinha que ser mesmo perto das malocas, costuma dizer com desprezo dona Verbena Marques de Amorim, quase todo ano segunda colocada na lista das dez mais elegantes do Passo, perdendo sempre para alguma carioca rebolativa, exagerada nas pinturas e balangandãs, afinal carioca não pode viver longe da favela. Mas a Senzala não tem lata d'água na cabeça, samba ou tamborim. Nos baixos úmidos até em tempo de seca, a piazada barriguda cata agrião e girinos pelos banhados e, dizem, até mesmo algum sapão rajado para feitiço de Madame Zaly, um pila cada, enquanto negrinhas adolescentes pulam cercas de arame farpado, de preferência em noite de lua nova, trouxa nas costas, para atravessar a cidade a pé e cair de boca na vida do lado oposto, nas pensões de La Morocha. Algumas se regeneram antes de pegar doença incurável de macho e vão se empregar com senhoras de sociedade, feito a Lisaura Sonia de Souza, que depois foi primeira e única Miss Mulata Passo da Guanxuma, casou com coronel reformado e hoje até bingo canta aos sábados no Círculo Militar, mas não passa nem da porta dos fundos do Clube Comercial.

Viveiro de domésticas, pedreiros, jardineiros, benzedeiras e mandaletes para a cariocada da Vila Militar Rondon, ninguém sabe bem como, a cada agosto, a Senzala sobrevive aos surtos de tifo, meningite e tudo que é peste ruim. Mais do que pela vontade de Deus, todo mundo acha que é mesmo por artes santas da Gorete dos Lírios, estuprada e degolada aos nove anos de idade, a cabeça sem corpo, de olhos abertos e sorrindo afogada entre tufos de copos-de-leite no banhado, em ano que ninguém lembra quando e nem mesmo se realmente houve. Padroeira de todos os maloqueiros, basta acender vela branca em noite de lua cheia ao lado de açúcar branco, que toda criança adora, mais nove copos-de-leite, a idade da santinha, colhidos de fresco – e todas as preces são atendidas. O padre nega, mas dizem de fonte segura que corre beatificação no Vaticano, até bispo já andou fazendo rol de milagre.

No alto da coxilha, com a Vila Militar dentro, o

quartel parece um pequeno castelo medieval, principalmente por causa do arco branco na entrada, que pode ser visto desde a praça central, longe dali. Acontece cada coisa, dizem, entre os oficiais de fora e a soldadesca do Passo, tudo rapaziada farrista e sem vergonha, mas nunca esclarecem que coisas, só dizem Deus-me-livre revirando os olhos se alguém insiste um pouco. Logo após o arco suavizado em muros caiados de branco em torno do quartel e da vila, a estrada se desagrega nuns descampados de cupins, unhas-de-gato, pitangueiras magrinhas, ásperos gravatás e pedras branquicentas, entre as quais rastejam mortais cruzeiras, que só mesmo a soldadesca fazendo manobras se atreve a enfrentar. Diz que passatempo preferido de milico com mira boa é apontar justo onde, na testa da cobra, os dois braços da cruz se cruzam, quem acerta vira lenda, como virou Biratã Paraguaçu, morenão que depois foi pro Rio viver em Copacabana com padrinho capitão.

O arco branco é o ponto mais alto daquele horizonte. Para quem vem das bandas do Uruguai, de certa curva na estrada, a primeira imagem do Passo é exatamente a torre da igreja bem no centro desse arco, atravessando-o feito seta apontada para o céu. Além de aranha, dizem pois, o Passo da Guanxuma é também o corpo de um guerreiro tapuia enterrado entre vales e coxilhas, tão valente que nem mesmo embaixo da terra conseguiram arrancar-lhe das mãos o arco e a seta.

OESTE: O DESERTO

Para a fronteira com a Argentina estende-se a última pata da aranha. O deserto, apenas o deserto, um ondulado deserto de areia avermelhada que o vento sopra fazendo e desfazendo as dunas que ameaçam a única coisa que ainda resta por lá: cercado por cinamomos cada vez mais raquíticos, distante da estrada mas nem tanto que não possa ser visto, com sua piscina – a única do Passo – em forma de cuia de mate, ergue-se o que ainda resta do palacete de Nenê Tabajara, o estancieiro responsável, dizem, por todo aquele areal dos infernos que em dia nem muito longe até açude teve. Veneno demais na plantação, monoculturas, coisas assim, todas do mal, e como Deus castiga, agora que perdeu quase tudo em dívida de jogo e hipoteca, o deserto avança sobre seu último refúgio sem que ele tenha para onde fugir. Sozinho no casarão roído pelos ventos, a piscina seca há anos, Zezé passa o dia inteiro olhando as fotos da filha Eliana, a mais linda das sete que teve, e as outras seis, espalhadas pelo mundo, não querem saber dele – sem chorar, de joelhos, os olhos secos vermelhos da areia que entra pelas frestas, não de lágrima. Numa madrugada roxa de outubro, uivando feito gata no cio, cabelos ruivos desgrenhados até a cintura, Eliana Tabajara, a mais linda moça que o Passo já viu, foi vista vagando inteiramente nua, as coxas tingidas pelo vermelho do próprio sangue, falando sozinha no meio do deserto, inteiramente louca. Dizem que até hoje vive, sem dentes, a cabeça raspada, pele e osso, num hospício em Buenos Aires, outros que já morreu, e aquele vulto branco gemendo pelas areias nas madrugadas é seu espírito sem paz, deflorada pelo próprio pai, dizem também, mas ninguém prova nada.

❖

Isso é o que se conta, o que se diz, o que se vê e não se vê, mas se imagina do Passo. De tudo, o mais real, salpicadas entre as quatro patas da aranha – no meio dos girassóis do leste, à beira dos lajeados ao sul, pelos descampados do norte e até mesmo entre os vãos mais sombrios das areias a oeste –, o que mais tem em qualquer tempo de seca ou aguaceiro, calorão ou friagem, são touceiras espessas de guanxuma. Por mais que o tempo passe e o asfalto recubra a polvadeira vermelha das estradas, transformando tudo em lenda e passado, por mais sujas e secretas as histórias sussurradas pelos bolichos, entre rolos de fumo preto e sacos de feijão, por mais que por vezes o tempo pareça não andar, ou andar depressa demais, quando as antenas de tevê e as parabólicas começam a interferir entre o arco e a torre, exatamente por causa da planta, de dois males jamais sofreu, sofre ou sofrerá o Passo. De distúrbios estomacais, que chá de guanxuma é tiro e queda, nem de pó acumulado, que os ramos servem para fazer vassouras capazes de assentar até mesmo a poeira daquele deserto próximo que sopra e sopra noite e dia sem parar e, dizem, dizem tanto, ai como dizem nesse Passo, nunca pára de crescer.

Loucura, chiclete & som

Para
Leonildo Torres (Leo de Oxalá)

Escrito em 1975, pouco depois da publicação de O ovo apunhalado, *este texto marca com decisão a ruptura com o sonho hippie. Poderia ter entrado em algum outro livro (tem algo a ver com* Os sobreviventes, *de* Morangos mofados*), mas acho que isso não aconteceu porque, embora goste da sua estrutura, simulacro de roteiro cinematográfico, antipatizo com o personagem. E a forma mais eficiente de punir um personagem non grato é sem dúvida condená-lo à gaveta.*

INTERIOR/DIA

Seqüência 1

Estende a mão para o relógio, já ouviu o barulho do aspirador, a campainha duas vezes, pratos e talheres lá embaixo, o vento, freadas, criança gritando ao longe, porta batendo, a última vez que olhou eram onze, pouco mais, só um pouco mais e de qualquer jeito não tem mesmo nada para fazer o dia inteiro, baixar as cuecas até os joelhos, ficar sentindo o pau inchar apertado entre os pêlos da barriga e os lençóis que a velha trocou ontem. Traz o metal frio da pulseira do relógio até perto dos olhos, espia, duas e vinte. Em pé na cama empurra as persianas sem ver a cor do dia, a luz crua revelando a poeira sobre os móveis, vestir os jeans, os tênis, a camiseta, repetir merda bem alto três vezes, como uma espécie de bom-dia.

Seqüência 2

Olhar a cara branca no espelho do banheiro sem sentir nada, olhos inchados de tanto dormir um terço de sono, outro de álcool e maconha, outro de entressono, cataléptico na cama, o pau quente, coceiras, sombras passando na cabeça, esse porão mofado onde caminha sem bússola no escuro, os cabelos continuam caindo, cravos na ponta do nariz, escovar os dentes, comprar uma escova nova, tek dura, manchas de cigarro, ir ao dentista, como se chama mesmo? coroa, me bota aí uma coroa no primeiro pré-molar superior direito, a velha disse que paga, quebrei naquela trip de anfeta já faz tempo, o dentista fez uma arrumação porca e perguntou assim e-aí-continua-muito-louco-bicho? ele faz o enturmado, o puto, vezenquando tem essas intimidades, o diabo é que ninguém mais usa essas gírias, todos, todos caretas. Mija, sempre antes do mijo sai uma gotinha de porra ou pus, não tem certeza, provavelmente porra, nunca teve gonorréia e gonorréia dói, dizem, lava a cara, o sabonete estica a pele branca, fazer-não-fazer a barba? não fazer, decide. Tosse, cospe as bolinhas pretas viscosas de nicotina no meio da saliva e da pasta de dentes, depois fica olhando o fundo da pia cor-de-rosa como se fosse um poço.

Seqüência 3

Desce escadas devagar, sempre um pouco tonto, fecha os olhos, uma porção de faíscas dando voltas pela cabeça, gostaria de cair mas não cai, e continua descendo, o cachorro vem fazer festa tentando balançar o rabo cortado, cão eles reprimem no rabo, controle suas emoções, querido, o cachorro olha para ele com doces olhinhos remelentos, o único nesta casa que me olha. Limpa a remela do cão com a barra da camiseta, atravessa a sala vazia, pega o jornal, pratos e talheres na mesa da cozinha, toalha azul de plástico, abre a geladeira, o forno, pedaços de carne, milho, mandioca boiando em fria gordura branca, o estômago se contrai, quase um soco, espia o bule de café, requenta e bebe, meia xícara preta muito forte sem açúcar. Acende o primeiro cigarro, traga fundo, a fumaça arranha a garganta, tosse seco, uma tuberculose, um edema, uma pneumonia, um enfisema, o cachorro se enrola em suas pernas enquanto o pai abre a porta e passa reto sem olhar nem cumprimentar. Ele também não olha nem diz nada, daqui a pouco chegam mãe irmãos irmãs e também não dirão nada, nem olharão, assim é, foi, será, dói aqui nas costas de tanto dormir e noutro lugar também, mais forte ainda, nem sei bem onde.

EXTERIOR/DIA

Seqüência única

Apanhar o jornal, atravessar outra vez a sala vazia, abrir a porta da rua, sentar nos degraus do jardim, grama crescida, merda de cachorro, gatos noturnos, matagal de marias-sem-vergonha, muro branco, portão de ferro, rua, mormaço frio. Abre o jornal, o de sempre, o Líbano, cessar-fogo, quinze mortos na Argentina, seqüestro da atriz pornô, o leite, a gasolina, o rio podre, Marte, sondas – nenhum conhecido hoje na crônica policial, todo mundo dançando, tudo bem. Acende outro cigarro e tosse e cospe, bolinhas pretas viscosas na palma da mão, sem cheiro, OK os pulmões resistem, eu resisto, o planeta resiste, tudo resiste. O pai passa até o portão, olha em volta sem dizer nada, não existimos, duas realidades paralelas, dois ectoplasmas de sessões diferentes, fuma fuma fuma, joga a ponta acesa no canteiro, a brasa cai sobre uma folha, imagina que a planta sente dor, *A Vida Secreta das Plantas,* essas coisas, diz que pois é, os vegetais, vai saber. Olhar a brasa acesa incendiando a folha até o rombo, depois o sol, uma nuvem se afasta e o sol bate claro, duro na sua cara branca, nos seus cabelos caindo, nos seus olhos inchados. Tira os tênis, as meias, estende os pés para o sol, as coceiras no corpo, a pele seca, o frio, este inverno que não termina nunca, ninguém passa cantando na rua, a velha do outro lado espia, o carteiro passa sem deixar nada e o cachorro late para o carteiro negro, racista esse cão, o retratinho do dono, pensa olhando o pai, não, nenhuma carta, mas de quem, se todos foram embora para Londres, Paris, Nova York, Salvador ou Machu-Picchu. Fechar o jornal, acender o cigarro, tossir, abrir o jornal, cuspir, apagar o cigarro. O sol bate direto na sua cara branca e ele nem pisca.

INTERIOR/NOITE

Seqüência 1

Chama o cara aí, outra brahma, meu, teve um tempo que não era assim, brahma, vishnu & shiva, sente só o desrespeito ocidental, mais uma shiva, moço, mas não, não era assim, em casa um bode mas você saía e via as pessoas e daí esquecia, todo mundo numa boa, agora em casa é um bode, na rua é outro bode, na casa do teu amigo é mais um bode, um pirou, outro morreu de overdose, outro em cana, não é nada disso, olha só quem acaba de entrar, porra, essa mina já deu pra todo o bar, um túnel, como atravessar um túnel sem saber se tem fim, deixou a porta aberta, a piranha, como é que é? vai fechar ou não? te toca, friend, tu tás é de porre, Virgem ascendente Peixes, que bode, um o oposto do outro, tu entende disso é? conflitos terríveis, *the dream is really over,* não me vem com esses papos de depois das duas da matina, porra, um dia alguém devia quebrar a bosta deste bar em vez de só pedir outra brahma (ou vishnu, ou shiva), me dá um câncer aí, mas era mesmo diferente no duro ou a gente é que tá envelhecendo, cara? puta, essa mina só sabe filar cigarro, quanto tempo, é, por aí, você sabe, julho, agosto, quem, a Beth? ah, tá legal, vai ficar mesmo em Floripa com aquele surfista debilóide, diz que mudou tudo, com quem que tá o brilho? a classe média, cara, eles querem é foder a classe média, semana passada os ratos baixaram e levaram todo mundo sem nem ver documento, tu acha mesmo que ela tá fim? tô te falando, olha só a cara dela, já deve estar toda molhadinha, já se foi essa brahma, uma saideira? vamos nessa, fiquei chapado o dia inteiro, dá uma sede, a casa de quem? pode ser, maior barato, mas nem conheço o cara, ah, vem todo mundo, olha não tô nessa de túnel, onde foi mesmo que eu li uma coisa que começava assim "metade do meu cérebro já foi destruído pelo álcool", mas nunca acontece nada aos sábados na bosta desta cidade?

Seqüência 2

A mão dele roça lenta o seio dela. Ela ri, faz que não vê, tem bons dentes a piranha, fazendo gênero Sonia Braga com o cabelão desgrenhado. Black Sabbath? ah, não, tô entupido de rock, pega um jazz, até uma MPB serve, escolhe aí, porra. Fica quente assim, um grudado no outro, e por que não, cadê o Gilson? no banheiro, cara, deve estar chupando o peru do loiro ou cheirando pó, nem apresenta, ninguém apresenta mais nada, se quiser tem que ir à luta, ah, esquece, dá muito trabalho, apagando a luz, distribuindo cobertores, fechar mais uma, a saideira, não tô mais a fim, fumo anda me deixando paranóico, sabe como é, a paranóia só vem à tona se já existe dentro de você, cara, chega mais, isso aí, a boca, as línguas, a mão entre as coxas. Leva a mão dela até o fecho das calças dele, levanta a blusa devagar, acabou o som, mas logo agora? põe uma pilha aí, tango, valsa, fox, qualquer coisa. Mole, úmido, morno, os dedos afundam, parece sempre uma ostra, geme no meu ouvido, ajuda um pouco, pô, lambe os peitos, bicos duros, meio reta, pouco peito, gosto mais quando tem onde pegar, sabe como é, agora con-cen-tra-ção, apoiar as palmas das mãos contra o cobertor, cheiro de porra velha, deixar só a cabecinha roçando, dentro mas quase saindo, assim-as-sim-ah-sim, porra, lá vem o Gilson de novo com a mão na minha bunda, se facilito me enraba, dá o fora, bichona. E ela geme, e você geme também – imaginar, imaginar, que nem a Sonia Braga – e os seus olhos deslizam pelo tapete até uma peça qualquer de roupa jogada, depois para uma das pernas da mesa e mais adiante, subindo sempre, para o jornal aberto e a garrafa virada pingando, pingando sobre essa peça qualquer de roupa branca. A mão procura o cigarro no escuro e não encontra, claridade cinza entre as frestas da persiana metálica abaixada. Levanta-se, começa a remexer sobre a mesa, entre os discos, as roupas, os copos, os corpos. Seus dedos só encontram quinas, seus olhos só vêem a claridade cinza da madrugada por trás das persianas. Olha em volta, e para baixo, e verifica primeiro que está completamente nu, depois que há uma mulher morena também nua e adormecida, os cabelos desgrenhados espalhados sobre as almofadas indianas embaixo da janela.

Seqüência 3

Abrir a porta sem ruído, cuidado para que o metal da chave no metal da fechadura não grite agudo acordando os outros. Tira os sapatos, o corpo vacila, arrota, a mão vai roçando pela parede fria até o corrimão: dezenove degraus, anos de aprendizagem. Dentro do escuro, o retângulo mais claro da porta do banheiro. Acende a luz, mas não é necessário, luz cinza forte que vara as frestas. No espelho cabelos caindo, olhos inchados na cara branca, a culpa é deles que deixaram tudo torto assim ou é a gente mesmo que está envelhecendo sem achar outra coisa, hein, cara? Abrir o chuveiro, a água pinga gotas geladas contra os mosaicos do piso, harmonizando primeiro com as batidas do coração, depois com as contrações do estômago. Levanta a tampa cor-de-rosa da privada, num salto o estômago sobe até a garganta escura ardida de cigarros, de palavras, de cervejas. Apenas curva a parte superior do corpo, e vai caindo devagar, os braços enlaçando a louça colorida como se fosse o corpo de Sonia Braga, cabeça enfiada no vaso, dedo na garganta. Bem fundo – imaginar, imaginar –, bem fundo. Então vomita vomita vomita vomita vomita vomita vomita. Sete vezes, feito um ritual.

Amanhã tem mais.

Sagrados laços

É um texto escrito no Rio de Janeiro em 1984. Deveria ter sido incluído em Os dragões não conhecem o paraíso, *mas acabou não havendo lugar para ele. Gosto de seu jeito de pincelada, ou de foto Polaroid, mas até hoje não sei se não será breve demais e portanto, de certa forma, incompleto.*

Pontada fina no peito. Como um vampiro que abrisse os olhos raiados de sangue no segundo exato em que alguém desfere o golpe enterrando no fundo do coração a ponta mais aguda da estaca de carvalho bento. Ou seria bétula? Carvalho ou bétula, embora o sangue não jorrasse do buraco no peito, ele morria num estertor de porco para depois envelhecer séculos e séculos, todos os séculos de treva que atravessara até o cabelo embranquecer e cair fio por fio, a pele vincar-se em teia emaranhada de rugas, os músculos apodrecerem descolados dos ossos finalmente luzidios e nus e o vento então soprasse o pó que restaria de sua carne por todas as possibilidades dos quatro pontos cardeais, retroativa agonia.

Dentro do corpo contudo vivo, o sangue latejava nas veias das têmporas do homem, suor gelado viscoso escorrendo da testa pelo pescoço e braços até as palmas das mãos apertadas no volante, pelas costas da camisa fresca de verão grudadas no plástico do assento do automóvel. E porque escolhia ainda mais fundo a dor daquela madeira santa mortal cravada no peito, levantou os olhos e tornou a ver.

Na porta do hotel, a mulher beijava suave a boca do outro homem, sem se importar com as pessoas nas calçadas atravancadas de entardecer. Todos se desviavam baixando discretos o olhar, escândalo nenhum. Pois o terrível, o mais terrível daquilo, repetiu o homem sozinho dentro do carro parado, e ainda uma terceira vez enquanto procurava a palavra exata, mesmo em desespero ele era meticuloso, e encontrou então e formulou em frangalhos dentro do automóvel, impotentes os dois no engarrafamento de sexta-feira – o mais terrível daquela mulher e daquele outro homem beijando-se à frente do hotel dentro daquela espécie de campânula de vidro ao redor de sua intimidade, o mais terrível, gemeu, era que pareciam perfeitamente *lícitos*. Um homem e uma mulher desses que há tempos escolheram ficar juntos e sentem certa dificuldade ao separar-se, mesmo por pouco tempo, quase noite à frente de um hotel cinco estrelas no centro da cidade. Talvez viajantes, pensariam as pessoas passando, pensou, e certamente amantes.

Mas ela, a imoral, ela deveria usar vestido vermelho justo, continuou pensando, ele gostava de ler histórias policiais baratas, e negros raybans apesar do crepúsculo, saltos altíssimos, lenço na cabeça amarrado sob o queixo. Pecado, ação escondida, vileza. Tra-i-çã-o, soletrou enquanto os carros atrás buzinavam para que andasse, porra, e acelerou lento para olhar mais atento o outro homem. Oh, deus gemeu sem maiúscula nem exclamação, o outro homem sequer parecia um cafajeste em seu sóbrio blazer azul-marinho, certa barriga, gravata cinza, vagamente calvo. Nem suíças ciganas, bigode latino, brinco na orelha, camisa aberta ao peito, corrente ou dente de ouro rebrilhando ao último sol da sexta-feira. Respeitabilíssimos, os dois canalhas, ela parada na esquina, via pelo espelho retrovisor, acenando mais uma vez para o outro homem como se procurasse memorizar-lhe os traços antes da separação. Antes da separação, repetiu incrédulo.

Os dois mais ele, ele como se fosse ele o ilícito, espiando sem ser visto pelo espelho retrovisor à sorrelfa, à socapa, gostava dessas palavras que dormem esquecidas pelos dicionários, nos vértices das palavras-cruzadas, e o outro homem sereno agora girando no vidro da porta-giratória do hotel, e a mulher com seu *tailleur* pérola e pérolas no pescoço, o sol oblíquo do entardecer atravessando os cabelos caídos em duas pontas lisas escovadas sobre os maxilares. Tão duros, ele notou, o dourado dos raios de sol, o dourado dos fios de cabelo, o dourado da superfície do rio no fim da transversal lá embaixo. A bolsa quadrada de verniz que ela agora erguia decidida no ar para chamar um táxi e ir para casa. A casa dele, do homem ilícito ao volante do carro parado no trânsito infernal, e dela, a lícita mulher das pérolas: cinco anos em maio próximo, já planejados jantar japonês, depois dançar *cheek to cheek*. Champanhe, caviar, veneno, buzinou frenético sem fôlego nem ordem: cinco meu deus puta anos escrota.

Bodas de papel? tentou lembrar enquanto o sinal abria, ou seriam de ametista? rubi talvez? esmeralda, jaspe quem sabe? cristal ou nácar? continuou pensando ao dobrar a esquina, oh, deus topázio? como era mesmo aquela lista dos almanaques que os noivos folheavam juntos no sofá das salas de antigamente? ágata? lápis-lazúli? água-marinha?

Cascalho, repetiu sem ponto de interrogação, acelerando mais: puro cascalho sujo. E como não tinha um revólver no porta-luvas, ligou o toca-fitas com um click seco assim pá-pum! pronto, acabou.

Por uma tarde de junho

Pertence a uma fase furiosamente experimental, em que o que se tentava contar era quase sufocado pela metalinguagem. O resultado era um hermetismo pedante, quase incompreensível. Foi escrito em 1976 em Porto Alegre, e publicado no ano seguinte pela extinta revista gaúcha Cultura Contemporânea.

– *Era preciso que fosse um momento absolutamente perfeito* – ele foi dizendo, uma tarde afinal de junho, e o que se poderia dizer afinal sobre tardes afinal de junho senão coisas majestosas como um allegro barroco, ele sorvia o conhaque e vezenquando atiçava as brasas da lareira com o atiçador de bronze? cobre? ferro? prata? com muito cuidado para que o que chovia lá fora miúdo e o crepitar das brasas e o estalar da madeira e os movimentos que fazia distendendo, contraindo a coluna para atiçar o fogo e o crepitar e o estalar e o miúdo e ainda o que ia dizendo, com cuidado para que o ritmo não sofresse alterações, imperfeições, tempo sem jaça, que fosse, agitando de leve no ar o líquido dourado no cálice aquecido:

– *Eu, fazia tanto tempo que* – um tanto brutal

hesitar agora, mancha de vinho na renda, mas reformulava, pequenas interrupções, ai pequenas interrupções, a luz dourando o cabelo dela sentada à sua frente, mas reformulava tentando de outro jeito:

– *Já não era mais possível continuar ocultando? fingindo? negando? mentindo? que* – optou pelos quatro, sem interrogações, ficava bem esse tom hesitante, mas uma porta batia ao longe, na rua um carro tentava inutilmente dar a partida, o motor raspava areia, zinco, se fosse possível um silêncio absoluto para finalmente dizer:

– *Eu tenho feito fantasias loucas com você* – ela tão irreal no sofá antigo, as samambaias caindo por trás, tropical, oriental, colonial, tudo ao mesmo tempo, um rubi na testa e também uma tiara de pitangas (bonito isso, aprovou contente), mais uma touca rendada de sinhazinha, os três simultâneos, e retomando de outro jeito:

– *Tanto medo, você me entende?* – como passos furtivos, cascalho pisado de madrugada, a descarga da privada literalmente cagando no entremeio do retinir de cristais (aprovou outra vez: sonoro), mas ela não sorria nem movia músculo algum no rosto, de certa forma era como se fizesse uma ginástica de relaxamento facial, mas tão-tão-dizer-isso-assim, malares pétreos, talvez melhor, um abscôndito langor, melhor ainda, entusiasmou-se levemente ansioso, apenas o tempo da cinza cair? pingar? gotejar? poluir quem sabe? a calça de veludo? alpaca? flanela? casimira? continuando pois:

– *Quase três anos, é muito tempo calado. Hoje finalmente eu* – passou a língua contra os dentes por dentro, algumas superfícies ásperas, senzalas? sibérias? sertões? saaras? e foi então que sentiu e chegou a pensar num parágrafo especial, mas contra todas as expectativas não havia drama, um primeiro pré-molar superior esquerdo, seria exatamente isso? como um chiclete, não, mais consistente, um amendoim duro, um milho de pipoca desses que não arrebentam, uma bala de hortelã, envolveu-o com a língua para trazê-lo até bem perto dos incisivos e disfarçado levou a mão à boca, como se tossisse suave? contido? discreto? melancólico? fatigado? os dedos seguraram confirmando: sim, um primeiro pré-molar superior esquerdo, inteiro, irregular, sofrido de muitas meias-solas, rodou-o entre o indicador e o polegar, abstraído, até os óculos de aro frouxo escorregarem para a ponta do nariz recolocou-o na boca, ela esperava, ele ajeitou os óculos, ele esfregou as mãos para gerar energia, ela esperava, ele respirou sete vezes, profundamente, alargando primeiro o ventre, depois afastando as costelas e finalmente elevando os omoplatas, pulmões estufados, e assoprou de uma só vez, num tranco, ela esperava, ai como ela esperava, a coisa escura plantada súbita na sala fez com que, como quem vira a página, ele decidisse assim como redizer o que não tinha dito:

– *Escuta, foi um engano. Eu não estava absolutamente levando a sério o que dizia* – o sofá tinha molas arrebentadas, as samambaias eram algumas de plástico, outras raquíticas, amareladas, olhar pela janela então e nada nem ninguém para ajudar, contou para si mesmo devagarmente punitivo: Era uma vez um homem sentado numa cadeira dura rodando dentro da boca um primeiro pré-molar superior esquerdo recém perdido, numa sala vazia. Atrás da janela de vidros baços de umidade e sujeira podia-se ver uma tarde molhada talvez de junho ao fundo de árvores secas de galhos-garras eriçados contra um céu de estopa – fora uma vez, e ela não esperava mais, restara uma pitanga madura sobre a mancha de porra envelhecida de alguma punheta no assento do sofá, ou nem ao menos isso, aceitou concluindo:

– *Eu não consigo entender nada do que se passa* – meu amor secreto, meu amor calado, não acrescentou, talvez agora desse um suspiro mas não morresse, ou engolisse o dente para rasgar as tripas ou quem sabe cuspi-lo longe convulsivo como numa hemoptise, e sobre o chão vomitar a tarde? a história? a perda? a morte? o medo? a solidão? quem sabe o nojo antigo sedimentado e sem remédio.

E acabava assim, de repente, ainda que não fosse absolutamente perfeito nem redondo, chovera demais nos últimos dias e havia tantos sapos pelos quintais semi-abandonados, os charcos, os poços, as minhocas retorcidas nas lamas, os plurais e a língua singular apertando tão violenta o dente contra o lábio que talvez escorresse um filete de sangue maduro sobre o branco da camisa, mas antes disso, sem efeitos, secamente, acabava assim, era uma pena, todos sentimos muitíssimo, mas que se há de fazer se acaba mesmo assim?

De várias cores, retalhos

Para Antonio Bivar

Escrito em 1975, este conto faz parte de uma alegre fase pop, totalmente inédita (exceto por A história de Sally CanDance, *de* Pedras de Calcutá*). Acontece que na época, além da censura oficial, havia uma espécie de anticensura, tão castradora quanto, as famosas "patrulhas ideológicas" – e o resultado é que não havia espaço algum para uma história como esta. De todas as selecionadas para este livro, foi talvez a que menos me deu trabalho. Juvenil e talvez um tanto tola, mas pronta.*

de várias cores, retalhos
nas cores laranja rosa azul turquesa
uma calça lee desbotada
(Antonio Bivar)

Logo de manhã bem cedo, a mãe parou espantada na porta do quarto do filho. Um rolinho chegou a desprender-se do cabelo, deslizar ombro abaixo e escorregar pela escada, pinguepongueando. Chamou o pai, que veio sonolento, coçando a barriga, o ar de quem tinha tido pesadelos negros. Ficaram os dois olhando a porta do quarto do filho. A porta do quarto do filho estava fechada pelo lado de dentro. No lado de fora, para onde o pai e mãe olhavam espantados, certamente o próprio filho, pois não havia ninguém mais na casa capaz de tais absurdos, grafitara em letras grandes, tortas, coloridas:

VOCÊS NÃO TAO COM NADA.

O tao estava escrito assim mesmo, sem til, e o pai, professor de português, ficou escandalizado. "Além de desaforado, burro", comentou.

Mas a mãe lembrou que o filho vivia às voltas com um livro cheio de letras chinesas na capa chamado justamente *Tao,* e lembrou ao pai que podia ser uma referência ao livro, não ao verbo *estar.* Um livro estranho – ela ficou pensando enquanto o pai não respondia –, parecia coisa meio religiosa, umbanda talvez, aqueles exotismos do filho, mania de não comer carne, panos nas paredes, sininhos, baralhos com figuras esquisitas, posters de discos-voadores e Raul Seixas pelo quarto, aquela mistura de bazar persa com acampamento cigano mais uma pitada de terreiro.

O pai e mãe bateram na porta delicadamente, depois menos delicadamente, depois nem um pouco delicadamente. O pai tentou abrir por fora, mas não conseguiu. Empurrou com o ombro, mas parecia que tinha uma coisa pesada prendendo por dentro. A mãe teve certeza que o filho empurrara a estante contra a porta. E os dois sempre se sentiam tão cansados pela manhã, e tinham tantos pesadelos à noite, tanto barulho dos carros lá fora, tantas dívidas, tantos perigos no futuro incerto, enfim: eles não tinham energia para sequer tentar derrubar aquela porta.

Então a mãe foi chamar o outro filho, que jogava basquete e tinha ombros largos, músculos fortes e uma cara rosada de universitário americano anos 50, só que moreno. O outro filho veio sem muito saco, empurrou a porta devagar com um daqueles ombros enormes, depois coçou a cabeça e sugeriu que dessem a volta na casa para tentar abrir a janela. Tinha jogo à noite, não podia correr o risco de uma distensão, ainda mais por causa daquele babaca.

O pai, a mãe e o outro filho deram a volta na casa e tentaram a tal janela. Mas a janela também estava trancada – parecia ter ferros, correntes, cadeados, grilhões. A mãe ficou indecisa entre desmaiar, ter um ataque de choro ou fazer um café bem forte. O pai só balançava a cabeça e coçava a barriga, repetindo meu-deus-o-que-foi-que-esse-rapaz-aprontou? O outro filho bocejava, fazendo alguns exercícios para desenvolver as coxas. Até que de repente, tocou a campainha, o telefone, o cachorro começou a latir, chegou o jornal, a diarista, tudo ao mesmo tempo – e não se sabe bem como, em menos de quinze minutos a casa estava cheia de vizinhos, parentes e curiosos subindo, descendo escadas, fechando, abrindo gavetas, contando anedotas, fazendo chás e cafés. Como se fosse uma festa. Ou um velório.

A mãe soluçava no ombro de uma vizinha, lembrando um por um de todos os atos do dia anterior, e gemia o-que-foi-que-eu-fiz-de-errado-para-merecer-isso-sempre-fui-a-melhor-das-mães. Alguém mais prático achou que não podiam ficar nisso o dia inteiro, ainda mais agora que havia chegado a televisão, fotógrafos e uns vinte repórteres pedindo cafezinho. Outro insinuou que o filho podia estar morto, suicidado, enforcado, pulsos cortados – mas não havia sangue no corredor –, uma dose excessiva de barbitúricos, esses jovens, nunca se sabe do que são capazes, acalentamos uma víbora em nosso seio, ânimo, querida, esquizofrênico, paranóico, nem falar falava, nunca – nunca se sabe.

E já que eram tantos, e que a suposta estante sustentando a porta por dentro não seria mais forte que a força de todos eles juntos – reuniram-se e começaram a fazer força. Não foi difícil. A porta logo abriu-se, cinematográfica, enquanto os mais dramáticos desmaiavam, flashes estouravam e as luzes quentíssimas da tevê acenderam-se, revelando o interior vazio. Quer dizer, vazio de gente, pois tudo estava nos lugares, surpreendentemente limpo, a cama – milagre! – feita, plantas – as descaradas, ele até conversava com elas –, livros, roupas nos armários. Só faltava a flauta doce, o poster de Raul Seixas e aquele tal livro do Tao. Ah, e o filho, naturalmente.

Depois de alguns ohs! e ahs! em catatonia coletiva, encontraram um bilhete na cabeceira. Dizia assim: *"Quanto mais conheço minha família, mais entendo Franz Kafka"*. O pai e a mãe não entenderam direito, quem era mesmo esse tal Franz? mas um jornalista de segundo caderno lembrou que o misterioso rapaz poderia ter-se transformado num inseto, uma barata, por exemplo, esses jovens sempre tão imprevisíveis, são capazes de tudo só para chocar os outros. Jogaram todas as almofadas para cima, tiraram todos os discos das capas, os livros das estantes, as roupas do guarda-roupa – mas nenhum inseto digno de nota foi encontrado, também porque a casa fora dedetizada não fazia nem dez dias, lembrou o irmão.

Só depois que todos se foram, pois não havia nada a fazer além de registrar queixa de desaparecimento, e a casa ficou em silêncio, e era quase meio-dia, a mãe veio abrir a janela pensando em debruçar-se pensativa para que os vizinhos a vissem assim, "uma mulher acabada", diriam – e então viu as penas. No peitoril, do lado de dentro, uma porção de penas, dessas mesmo de ave, não de espanador. De uma ave que ela não conhecia. Penas grandes, de muitas cores e formas, desenhos coloridos como nunca vira, nem em desenho nem em bicho vivo. Algumas estavam manchadas de sangue. Era como se um grande pássaro tivesse se debatido horas entre as paredes daquele quarto, até fugir. A mãe só não entendia como, porque a janela ficara fechada até que ela a abrisse, agora, cinco minutos atrás.

Ela suspirou, a mão no peito. Então um ventinho entrou pela janela aberta, arrepiou algumas penas caídas e fez tilintar os sete sininhos dourados suspensos por um fio. O filho dizia sempre que tinham sido enviados do Tibet por alguém muito especial. E que eram mágicos.

II

K'AN

政

"Amarrado com cordas e cabos,
aprisionado entre as muralhas de uma prisão,
cercado de arbustos espinhosos."
(I CHING, *O Livro das Mutações*)

Lixo e purpurina

Para
Sandra Laporta
e Homero Paim Filho

De vários fragmentos escritos em Londres em 1974 nasceu este diário, em parte verdadeiro, em parte ficção. Hesitei muito em publicá-lo – não parece "pronto", há dentro dele várias linhas que se cruzam sem continuidade, como se fosse feito de bolhas. De qualquer forma, talvez consiga documentar aquele tempo com alguma intensidade, e isso quem sabe pode ser uma espécie de qualidade?

27 de janeiro

Encontrei este caderno numa *squatter-house* em Victoria, ontem à noite. Foi enviado da Índia para Mr. John Schwyer Gummer, estava ainda dentro do envelope, mas o endereço na Índia manchou de umidade e mofo, só dá para ler "Calcutá". Será um aviso? Sylvia diz que "a Índia está chamando". Encontramos também um cara chamado Jack, especializado em *squatters:* e trambiques tipo instalações ilegais de luz, água e gás, que vai nos ajudar a descolar casa. Zé apelidou-o de "Jack, o Esquarteador". Fala um *cock-*

ney quase incompreensível. Espero que consiga mesmo a casa, a polícia nos deu um prazo até amanhã ao meio-dia para sairmos da Bravington Road.

Mas gostei do caderno. Reproduzo o desenho que Angie mandou da prisão. Fica sendo a epígrafe.

28 de janeiro

Hoje é dia de mudar de casa, de rua, de vida. As malas sufocam os corredores. Pelo chão restam plumas amassadas, restos de purpurina, frangalhos de echarpes indianas roubadas, pontas de cigarro (Players Number Six, o mais barato). Chico toca violão e canta *London, London: no, nowhere to go*. Poucos ainda sorriem e olham nos olhos.

Hoje é dia, mais uma vez, de mudar de casa e de vida. Os olhos buscam signos, avisos, o coração resiste (até quando?) e o rosto se banha de estrelas dormidas de ontem, estrelas vagabundas encontradas pelas latas de lixo abundantes de London, London, Babylon City. Alguém pergunta: "O que é que se diz quando se está precisando morrer?" Eu não digo nada, é a minha resposta. Sento no chão e contemplo os escombros de Sodoma e Gomorra: brava Bravington Road, *bye, bye.*

Amanhã é dia de nascer de novo. Para outra morte. Hoje é dia de esperar que o verde deste quase fim de inverno aqueça os parques gelados, as ruas vazias, as mentes exaustas de *bad trips.* Hoje é dia de não tentar compreender absolutamente nada, não lançar âncoras para o futuro. Estamos encalhados sobre estas malas e tapetes com nossos vinte anos de amor desperdiçado, longe do país que não nos quis. Mas amanhã será quem sabe o acerto de contas e Jesuzinho nos pagará todas as dívidas? Só que já não sei se ainda acredito nele.

Tão completamente sento e espero que quase acredito ir além deste estar sentado no meio de escombros, *here and now* esperando Zé chegar com a notícia de que conseguiu a casa graças aos poderes de Jack na região de Victoria, Pimlico. Só espero, não penso nada. Tento me concentrar numa daquelas sensações antigas como alegria ou fé ou esperança. Mas só fico aqui parado, sem sentir nada, sem pedir nada, sem querer nada.

As crianças sujas e ranhentas da casa ao lado vêm perguntar se somos ciganos: *are you gipsies?* Sylvia mente que sim – *from Yugoslavia,* diz, agita no ar o pandeirinho com fitas e finge dançar e ler as linhas das mãos das crianças. Gosto tanto desse jeito que Sylvia tem de aliviar as coisas.

Meu coração vai batendo devagar como uma borboleta suja sobre este jardim de trapos esgarçados em cujas malhas se prendem e se perdem os restos coloridos da vida que se leva. Vida? Bem, seja lá o que for isto que temos...

30 de janeiro

Metade dos moradores da Bravington Road nos traiu. Já haviam conseguido outra casa ali perto, em Ladbroke Grove, sem nos dizer nada. Felizmente a amizade de Zé com Jack, o Esquarteador, rendeu esta casa em Victoria. São cinco andares, contando o sótão onde fiquei, mas não há aquecimento e luz só no *basement.* Mas se não tivéssemos conseguido esta, ficaríamos na rua. Que amigos. E acompanharam todo nosso sofrimento, com as malas na calçada, na chuva, com medo da polícia.

Disseram que Angie sai amanhã da prisão. E que irá para a casa de Ladbroke Grove, viver com Deborah.

31 de janeiro
(Carta do espaço sideral para não ser enviada a Angie)

"Vem, que eu quero te mostrar o papel cheio de rosas nas paredes do meu novo quarto, no último andar, de onde se pode ver pela pequena janela a torre de uma igreja. Quero te conduzir pela mão pelas escadas dos quatro andares com uma vela roxa iluminando o caminho para te mostrar as plumas roubadas no vaso de cerâmica, até abrir a janela para que entre o vento frio e sempre um pouco sujo desta cidade. Vem, para subirmos no telhado e, lá do alto, nosso olhar consiga ultrapassar a torre da igreja para encontrar os horizontes que nunca se vêem, nesta cidade onde estamos presos e livres, soltos e amarrados. Quero controlar nervoso o relógio, mil vezes por minuto, antes de ouvir o ranger dos teus sapatos amarelos sobre a madeira dos degraus e então levantar brusco para abrir a porta, construindo no rosto um ar natural e vagamente ocupado, como se tivesse sido interrompido em meio a qualquer coisa não muito importante, mas que você me sentisse um pouco distante e tivesse pressa em me chamar outra vez para perto, para baixo ou para cima, não sei, e então você ensaiasse um gesto feito um toque para chegar mais perto, apenas para chegar mais perto, um pouco mais perto de mim. Então quero que você venha para deitar comigo no meu quarto novo, para ver minha paisagem além da janela, que agora é outra, quero inaugurar meu novo estar-dentro-de-mim ao teu lado, aqui, sob este teto curvo e quebrado, entre estas paredes cobertas de guirlandas de rosas desbotadas. Vem para que eu possa acender incenso do Nepal, velas da Suécia na beirada da janela, fechar charos de haxixe marroquino, abrir armários, mostrar fotografias, contar dos meus muitos ou poucos passados, futuros possíveis ou presentes impossíveis, dos meus muitos ou nenhuns eus. Vem para que eu possa recuperar sorrisos, pintar teu olho escuro com *kol,* salpicar tua cara com purpurina dourada, rezar, gritar, cantar, fazer qualquer coisa, desde que você venha, para que meu coração não permaneça esse poço frio sem lua refletida. Porque nada mais sou além de chamar você agora, porque tenho medo e estou sozinho, porque não tenho medo e não estou sozinho, porque não, porque sim, vem e me leva outra vez para aquele país distante onde as coisas eram tão reais e um pouco assustadoras dentro da sua ameaça constante, mas onde existe um verde imaginado, encantado, perdido. Vem, então, e me leva de volta para o lado de lá do oceano de onde viemos os dois."

4 de fevereiro

Há tendas árabes pelos quartos, velas acesas nas escadas e a loucura arreganhando seus dentes de jade em cada canto da casa. Para não fazer parte disso, eu quis morrer, quis ir embora, quis perder para sempre a memória, estas memórias de sangue e rosas, drogas e arame farpado, príncipes e panos indianos, roubos e fadas, lixo e purpurina.

5 de fevereiro

Eu estava no alto da escada quando bateram à porta da rua. Comecei a descer enrolado no xale roxo das *bad trips,* não há aquecimento, faz muito frio fora dos quartos. Antes que eu descesse, empurraram a porta e entraram, estava aberta. Era um grupo grande, na frente deles Angie e Deborah, de mãos dadas. Eu continuei parado, eles vieram vindo pelo corredor. Mas talvez pelo ácido de ontem, ainda, ou pelo choque, não sei, quem sabe até pela fome – eu tinha a impressão de que quanto mais se aproximavam, mais se afastavam. Como se a cada passo que dessem o corredor aumentasse um pouco.

Sem Angie, pensei, sem Angie não irei mais à Espanha. E não há nenhum sentido em estar aqui.

8 de fevereiro

Chorei três horas, depois dormi dois dias.

Parece incrível ainda estar vivo quando já não se acredita em mais nada. Olhar, quando já não se acredita no que se vê. E não sentir dor nem medo porque atingiram seu limite. E não ter nada além deste amplo vazio que poderei preencher como quiser ou deixá-lo assim, sozinho em si mesmo, completo, total. Até a próxima morte, que qualquer nascimento pressagia.

11 de fevereiro

Segunda-feira, vida nova. Sylvia me acordou às quatro da manhã para irmos com Zé até Earl's Court tentar conseguir trabalho na fábrica. Ninguém tinha dinheiro para café nem nada. Faz muito frio, os automóveis têm uma camada de gelo em cima. Compramos o ticket do metrô, essa hora é perigoso andar sem pagar, tem muita fiscalização. Eles passaram a roleta e me chamaram. Eu ia enfiar o ticket na máquina, mas foi então que percebi que não suportava mais. As pessoas me empurravam querendo passar, o trem chegou, Sylvia e Zé perguntavam do outro lado: "Você não vem? Você não vem?"

Sem pensar, gritei: "Não, eu vou voltar para o Brasil". Não planejei dizer aquilo, não planejei decidir nada. Quando vi, já tinha dito, já tinha decidido.

No caminho de volta apanhei uma garrafa de leite numa porta. Um carro da polícia parou do lado. Meu passaporte está preso no Home Office, só tenho uma carta deles, toda rasgada. Quiseram saber mais, eu disse que era *squatter,* ficaram excitadíssimos. Falei que era *Brazilian* e foi pior. O rato deu uma cuspida e rosnou: "Oh, *Brazilian, South America? I know that kind of people...*" Mandou que eu tirasse os tênis, as meias, me deixou completamente descalço no cimento gelado, me revistou inteiro. Fiquei puto e perguntei se ele não queria vir até aqui, disse que tínhamos montes de drogas, armas e bombas. Ligou um radinho, falou não sei com quem. Queria saber onde eu tinha comprado a garrafa de leite. Lembrei de um supermercado em Earl's Court que fica aberto a noite toda, menti que tinha sido lá. Ele disse que àquela hora estava fechado. Garanti que não, sabia que não fecha nunca, no Natal costumávamos ir lá toda noite roubar macarrão. Ele pediu a nota de compra. Falei que tinha jogado fora.

A humilhação durou quase uma hora. Enfim me soltou e mandou que saísse do país: "*Off! You're not welcome here!*" Eu disse que estava justamente vindo para casa escrever uma carta pedindo passagem de volta. Era verdade.

13 de fevereiro

Chico me deu uma chaleira daquelas que apitam quando a água está prestes a ferver, com um coador de metal dentro para o chá. É muito engraçada, redonda e solene, nós a batizamos de Rudolpha Elizabeth, the First. Tínhamos apanhado alguns móveis numa casa vizinha que parecia abandonada, a chaleira estava na cozinha. Estávamos tomando o primeiro Earl Grey preparado em Rudolpha quando chegaram o dono da tal casa, furioso, a polícia pedindo passaporte, cães pastores farejando tudo. Devolvemos os móveis, Rudolpha não.

A polícia e os cães se foram, o homem não, parecia muito curioso com tudo. Tirou do bolso uma garrafinha de scotch e ficou bebendo e pedindo para que cantássemos *Blue Moon*. Cantamos várias vezes, ele cantava junto e sempre queria mais.

14 de fevereiro

Acho que foi efeito do homem que gostava de *Blue Moon*. Cantamos na rua em Piccadilly e Trafalgar Square. Deu vinte libras. Nosso maior sucesso é *La Bamba,* depois *Preta, Pretinha,* dos Novos Baianos. Toco maracas, Zé violão, Chico bongô e Sylvia o pandeirinho de fitas. La Baja dança e canta.

16 de fevereiro

Apareceu ópio, não sei de onde. Fumamos, alguns vomitaram. Fiquei deitado, imóvel. Tudo parecia perfeito. Mas qualquer movimento mais brusco ameaçava a perfeição, era preciso mover-se muito devagar. Acho que peguei o jeito, devo ter vocação para opiômano. Sem me mover, as mãos cruzadas no peito, havia às vezes como umas ondas de cetim envolvendo tudo, arabescos orientais no teto, nas paredes. Não era bom nem mau: era apenas perfeito, sem pensamentos nem aflições, eu poderia ficar para sempre ali naquela espécie não exatamente de morte, mas de vida suspensa.

Mas depois inventaram de cheirar heroína e, claro, não resisti, cheirei também. Acabou a perfeição do ópio, veio a náusea. Vomitei loucamente e só, sem sentir nada além de mal-estar.

20 de fevereiro

Zé recebeu a indenização da fábrica, de quando tinha cortado a mão, pegou todo o dinheiro e, sem contar para ninguém, comprou uma passagem para o Brasil. Volta hoje, todo mundo está triste. De certa forma, era o melhor de nós. Sem Zé, não teremos mais fotos nem pão quente roubado de manhã cedo.

22 de fevereiro

Mona também se foi para Paris, vai tentar arrumar trabalho por lá. "Enchi desse miserê", disse. Ficamos todos meio ofendidos.

A casa inteira resfriada. O dinheiro vindo do Brasil dançou quase todo, ainda bem que eu tinha comprado bastante arroz integral. Com os palitos de madeira, mastigo trinta vezes cada porção. Dá para parar de pensar.

Cacá me expulsou do quarto no sótão, Sylvia disse que posso ficar num canto do quarto dela, que é muito grande. Helô diz que Cacá anda transando com o demônio, fazendo trabalhos com espelhos. Jogou um Tarot para confirmar, mas não deu nada.

23 de fevereiro

Com tanta gente indo embora, ficou um quarto vazio em cima. Pensei em mudar para lá, mas me dou bem com Sylvia e vieram morar uns franceses heroinômanos, amigos não sei de quem. Andam sempre de preto, só saem à noite e não dá para saber ao certo quantos são. Não falam com ninguém, não fazem nenhum barulho, nunca. Parecem sombras.

25 de fevereiro

Essa morte constante das coisas é o que mais dói.

❖

Não quero ser a carpideira do meu tempo. Mesmo encontrando todos os dias pelas escadas os devotos de Morfeu, com suas caras verdes, suas veias machucadas. Amanhã alguém nos cantará. Um rock de horror?

❖

Depois de todas as tempestades e naufrágios, o que fica de mim em mim é cada vez mais essencial e verdadeiro.

❖

Inverno aqui se escreve com F. E a gente entende por que todas aquelas histórias góticas, Frankenstein, Drácula, nasceram aqui. Na esquina, a igreja com o cemitério ao lado, cheio de lápides corroídas, é o perfeito cenário de um filme de horror. Roubamos do altar velas longas, amareladas, lindas.

Sem data

Deborah e Angie, me disseram, estão juntando dinheiro para ir para a Grécia.

Sem data

Grafitado num muro em St. Johns Wood: *"Flower-power is died!"*

Sem data

Escuta aqui, cara, tua dor não me importa. Estou cagando montes pras tuas memórias, pras tuas culpas, pras tuas saudades. As pessoas estão enlouquecendo, sendo presas, indo para o exílio, morrendo de overdose e você fica aí pelos cantos choramingando o seu amor perdido. Foda-se o seu amor perdido. Foda-se esse rei-ego absoluto. Foda-se a sua dor pessoal, esse seu ovo mesquinho e fechado.

Sem data

Claro, o dia de amanhã cuidará do dia de amanhã e tudo chegará no tempo exato. Mas e o dia de hoje?

❖

Só quero ir indo junto com as coisas, ir sendo junto com elas, ao mesmo tempo, até um lugar que não sei onde fica, e que você até pode chamar de morte, mas eu chamo apenas de porto.

2 de março

Chorar por tudo que se perdeu, por tudo que apenas ameaçou e não chegou a ser, pelo que perdi de mim, pelo ontem morto, pelo hoje sujo, pelo amanhã que não existe, pelo muito que amei e não me amaram, pelo que tentei ser correto e não foram comigo. Meu coração sangra com uma dor que não consigo comunicar a ninguém, recuso todos os toques e ignoro todas as tentativas de aproximação. Tenho vontade de gritar que esta dor é só minha, de pedir que me deixem em paz e só com ela, como um cão com seu osso.

❖

A única magia que existe é estarmos vivos e não entendermos nada disso. A única magia que existe é a nossa incompreensão.

11 de março

Louco de *speed, hash* e solidão. Mudar, partir, ficar. Fomos despejados novamente, nos deram três dias de prazo. Vontade de ler Carlos Drummond de Andrade:

Tudo somado, devias
precipitar-te – de vez – nas águas.
Estás nu na areia, no vento...
Dorme, meu filho.

A casa agonizante. As pessoas andando pelo escuro, velas nas mãos, como fantasmas. Ou como crianças perdidas. Vontade de fugir para não ver esses – quantos? vinte, trinta? – olhos assustados pelas escadas, essas vozes baixas, esses sons ingleses, espanhóis, portugueses, franceses. Não ver, não ouvir, não tocar, não sentir.

O frio entra pelas frestas das portas e janelas. Tirados os panos das paredes e todos os disfarces, tudo fica feio, miserável. Alguém cagou dentro da banheira. Há montes de lixo pelas escadas e corredores. Fomos expulsos, não vale a pena arrumar mais nada, limpar mais nada. Esse lixo espalhado pela casa são os nossos sonhos usados, gastos, perdidos.

Sinto ódio, não sei exatamente de quem ou de quê. O estômago vazio há mais de trinta horas, os cigarros filados aqui e ali, o dente quebrado em plena *bad trip*. Quero outra vez um quarto todo branco e um par de asas. Mesmo de papelão.

13 de março

Segundo dia na escola de belas-artes. Estou exausto. *Keep still yourself – still like that– can you move your face?– turn left, please.* Gentis e distantes, sou pouco mais que um objeto até o *take a rest* que recebo com alívio. Mr. Graham pediu que posasse das 18h às 21h, já tinha posado das 9h às 18h.

Mas aceito, à noite pagam melhor. Precisávamos ir ver umas *squatter-houses* em Paddington, não vou aparecer nem tem telefone para avisar. Temos que mudar até amanhã. Tudo vai mal. Até arrumar este trabalho, Sylvia me pagou alguma comida. Só penso em voltar, lá não há liberdade, mas tem sol. E comida.

14 de março

A sensação é de estar afundando na areia movediça. No lodo.

O professor de desenho me vê com um livro de reproduções de Magritte na hora do almoço e diz que Magritte pintava sonhos, e que é impossível ter sonhos às seis da manhã numa estação de metrô. Me surpreendo arranjando energia para contestar. E digo no meu inglês péssimo que se a realidade nos alimenta com lixo, a mente pode nos alimentar com flores. Talvez porque eu mesmo tome metrô todo dia às seis da manhã para fazer todas as conexões e chegar a Aldgate, com Magritte embaixo do braço.

Estamos sem casa. Saio daqui às quatro e encontro com Hermes na porta da casa velha de Victoria para irmos – onde?

Minha aparência é péssima, a mente e o corpo exaustos. Mas existe uma tranqüilidade estranha. Não tenho mais nada a perder. Não sabia que o mundo era assim duro, assim sujo. Agora sei. Tenho apenas essa consciência, que só a loucura ou uma lavagem cerebral poderiam turvar. Sobrevivo todos os dias à morte de mim mesmo. Sinto como uma virilidade correndo no sangue.

15 de março

Sonhei. Há muito não sonhava.

Havia uma festa. Era um lugar agradável, ao ar livre, um parque ou um jardim. Quando eu vinha embora Pablo pediu que esperasse por ele, mas eu estava interessado em outras coisas e não dei muita atenção. Era noite, eu vestia a capa preta marroquina. Na rua, um homem tentava voar numa máquina com asas, como aquelas engenhocas de Leonardo da Vinci. Havia um incêndio numa casa próxima, muitas pessoas corriam. Eu não estava interessado. Encontrei Deborah, empurrando um carrinho de bebê com um adulto dentro. Ela disse: "Vou embora para o Brasil. Angie vai ficar. Eu vou escrever de lá". Eu continuei andando, preocupado com Pablo, se estaria me esperando ou não. Segurei as pontas da capa marroquina e comecei a correr como se quisesse voar. Era bom. As pessoas apontavam e diziam: *"Look at him: he's tryng to fly!"* De repente um policial me segurou pelo capuz e perguntou por que eu estava correndo. Respondi agressivo: *"Just because I like it!"* Ele sorriu e me soltou. Continuei correndo, tentando voar. No começo de uma colina parei e olhei para o céu. E vi a lua, em quarto-crescente, bem ao lado de Saturno. Era muito bonito. Fiquei maravilhado e pensei que coisas extraordinárias deveriam estar acontecendo com aquela conjunção. Nesse momento uma estrela caiu. Pensei em fazer um pedido, mas a estrela já sumira, e eu sabia que o pedido só valia enquanto ela estivesse visível. Mesmo assim, pedi: que Pablo ainda estivesse me esperando. Comecei a subir os degraus que levavam à nossa casa de Victoria, que estava no alto da colina. Os degraus de pedra eram irregulares e muito gastos, sobre eles havia várias velas, algumas acesas. Apanhei uma delas e entrei na casa. A sala estava cheia de móveis antigos, com aquela luz azulada da lua e de Saturno entrando pelas vidraças. De um andar superior vinha música, acho que era *Angie,* com Mick Jagger. Subi as escadas e encontrei um desconhecido sentado, lendo. Falei a ele sobre a lua e Saturno, mas não pareceu interessado. Então tomei-o pelo braço e levei-o até o terraço. Apontei o céu. Nesse momento algumas nuvens cobriram a lua, e ele não viu nada. Sacudiu os ombros, voltou a entrar, a sentar e a ler. Fiquei irritado, chamei-o de *your fucking bastard!* várias vezes, mas ele não me deu atenção. Não havia mais ninguém em casa. Pensei em Pablo, queria muito que estivesse me esperando para mostrar-lhe a lua e Saturno. Comecei a subir para meu quarto, procurando por ele. Acordei.

15 de março

Estou sozinho num flat recém-invadido. Um homem com uma arma queria nos mandar embora. Não fomos. São vários flats num prédio grande, há uma organização *underground* de *squatters* tentando invadi-los. Estão armados com pedaços de paus e pedras. Harrow Road, Westbourne Park, uma zona velha e pobre, terrivelmente úmida. Atrás do flat há um canal de águas poluídas, vezenquando passam barcos.

Chico saiu para comer, Hermes batalhar entrada para assistir Chick Corea no Rainbow, Cotrim foi lavar seus pratos no restaurante, Flávio desapareceu, Pablo e Sarah, também. Sylvia vai para um outro flat aqui no mesmo prédio. Rô, Helô e Little Sô foram parar numa *squatter* em Sutherland Avenue, aqui perto. Uma barra. Junkies pesados, heroína, morfina, polícia rondando, paredes quebradas, sujeira, miséria. E as três idiotas fascinadas com o horror, falando sem parar em Janis Joplin, Jimi Hendrix, Jim Morrison.

Reconstituí o dente quebrado num dentista de

Earl's Court, passei na Biba depois, não roubei nada e vim "para casa". Comprei maçãs, tenho algum dinheiro da escola. Acho que vou ao cinema. A partir das oito, no Classic de Nothing Hill Gate tem uma sessão quádrupla sensacional: *Performance, Five Easy Pieces, Easy Rider* e *Drive, He Said.* Acho que o dinheiro dá até para comer um sanduíche no intervalo. Luxo!

Aqui é muito feio. Nem aquecimento nem luz, como sempre, mas parece que é possível fazer uma ligação elétrica clandestina. Há uns irlandeses ótimos na parte do prédio onde está Sylvia, sabem fazer todas essas coisas. Hermes diz que devem ser terroristas do IRA, possivelmente são mesmo. Tem uma banheira na cozinha, está imunda. Estou sujo, barbudo, cansado. Sonho com banheiras limpas, shampoos, sabonetes, toalhas felpudas, lençóis brancos, café. Mais nada. Aqueles junkies de Sutherland não me saem da cabeça. As peles, meu Deus, as peles gastas. Estarei assim?

19 de março

"Querida mãe:

A vida aqui anda agitada. Precisamos mudar de novo. Agora estou dividindo um apartamento com Hermes (acho que a senhora lembra dele, era o meu amigo professor de inglês do Yázigi). Fica numa zona antiga de Londres, tem uma igrejinha do século XVI perto e um riozinho que corre atrás do bloco de apartamentos. Não mando o endereço porque ainda não é certo que fiquemos aqui por muito tempo. Se ficarmos, talvez em seguida a gente possa mandar instalar um telefone, até poderíamos bater um papo, quem sabe?

Continua fazendo frio, mas agora tem um pouco mais de sol e a primavera começa depois de amanhã. Semana passada nevou um pouco. Foi lindo. Estou realmente bem. Não sei por que suas cartas vêm sempre tão cheias de medos e suspeitas. Hoje está soprando um vento, não lembro o nome, que os ingleses dizem vir do País de Gales. Todo mundo escancara portas e janelas para que o vento leve embora os maus-espíritos do inverno. É um vento mágico, dizem. Beijos para o pai e para todos."

20 de março

Na Sir John Cass School of Art, posando desde nove da manhã. Hora do almoço, estou com muita fome e não tenho um maldito *shilling*. Preciso ficar até as 18h, é a hora que eles me pagam. Caminhei um pouco na rua para ver se esquecia a fome, mas faz muito frio e o gelo entra pelo pano dos tênis. Enfastiada, Mrs. Pountney come uma maçã ao meu lado, tem um sanduíche no colo. Sorri, não oferece nada. Sorrio também. Minha vingança é que é uma péssima pintora.

25 de março

Depois de muito tempo, encontro Angie em Portobello no sábado. Nada a dizer entre nós. Está gasto, aparência suja e cansada. Sacaneou várias pessoas – pegou grana para comprar *hash,* não comprou nada nem devolveu a grana, inventou várias histórias, sujou com todos. Quando chega, saem de perto. Não consegui ver mais nele aquele menino recém-chegado de Firenze, que apareceu na nossa antiga casa de

Olympia com uns olhos grandes e limpos, parecido com Rita Hayworth. As prisões, os roubos, as *bad trips,* os trabalhos duros, as humilhações e as fomes mataram aquele menino. Sobrou o trambiqueiro, o transador. Vapor barato. Há muitos assim. E ainda falam de paz-&-amor, boas-vibrações & alto-astral...

5 de abril

Pablo foi embora para Barcelona. Não conseguiu o passaporte falso, vai ter mesmo que enfrentar o serviço militar. Dei a ele a pulseira marroquina, provavelmente não vamos nos ver nunca mais. Mas não vou esquecê-lo, repetindo horas cada vez que tomava ácido *"No es verdad... No es posible... No lo puedo creer..."*

10 de abril

Duas cartas ao mesmo tempo, escritas quase no mesmo dia. Uma de Anita, a garota sueca que vendia sorvete ano passado no quiosque em Estocolmo, perguntando se não vou trabalhar lá este verão. A outra é de Clara, no Rio, dizendo que sim, que eu vá, que continua sempre a minha espera.

E se eu mudasse meu destino num passe de mágica? Voltar a Estocolmo, casar com Anita, ganhar passaporte sueco, auxílio desemprego do governo, viajar para a Índia, Goa, Nepal, Katmandu. Não sei se conseguiria. Estranho, mas é sempre como se houvesse por trás do livre-arbítrio um roteiro fixo, predeterminado, que não pode ser violado. Um roteiro interno que nos diz exatamente o que devemos ou não fazer, e obedecemos sempre, mesmo que nos empurre para aquilo que será aparentemente o pior. O "pior" às vezes é justamente o que deveria ser feito?

16 de abril

Quatro *freaks* no Holland Park, ao entardecer, embaixo de uma árvore toda vermelha, tocando flauta e cítara. Parecem uma pintura. Sentamos embaixo de outra árvore em frente, Hermes e eu, e ficamos olhando como se fôssemos nós mesmos num espelho, passados a limpo. Pareciam eternos. Sorriram para nós, mas de repente tive consciência do saco de papel todo amassado do supermercado de Earl's Court nas minhas mãos suadas, me voltou a dor nas costas de posar imóvel para escultura. Levantamos, atravessamos o parque e de repente estávamos em Nothing Hill Gate e a cidade era confusa e suja e barulhenta.

20 de abril

Fui rever *Midnight Cowboy* depois da escola. Já havia visto no Brasil, mas naquela época era pura ficção. Agora não, parecia minha própria vida, só um pouco piorada. Fumei um e fiquei dando voltas no Hyde Park sem ter a menor idéia de onde estava, em que cidade, que país, só sabia que era num planeta sujo.

29 de abril

Na estação de Charing Cross um desconhecido todo vestido de couro negro me diz que quando o viajante interplanetário se aproxima de Saturno imediatamente sente a mudança das vibrações. Que a forma dos habitantes de Saturno darem boas-vindas é fazer amor com os visitantes. Disse que vinha de Saturno e me convidou a fazer amor com ele. Perguntou: "Posso atravessar as portas de seu templo?" Tá querendo me enrabar, traduzi. E caí fora. A loucura brilhava nos olhos dele. Bem, de qualquer forma foi a cantada mais cósmica que já recebi em toda a minha vida.

7 de maio

Pelo menos estou vivo. Em movimento, andando por aí, perdendo ou ganhando, levando porrada, passando fome, tentando amar. "De cada luta ou repouso me levantarei forte como um cavalo jovem", onde foi que li isso? Sei: Clarice Lispector, meu Deus, foi em *Perto do Coração Selvagem.*

8 de maio

Daniel, o espanhol anarquista e escultor da Barrow Hill Studio, onde comecei a posar também, fala muito no poeta León Felipe. *"Tenía cojones"*, repete. Hoje me emprestou a *Antologia Rota* e copiei:

El mundo es una slot-machine
con una rañura en la frente del cielo,
sobre la cabecera del mar.
(Se há parado la máquina
se ha parado la cuerda.)
El mundo es algo que funciona
como el piano mecánico de un bar
(Se ha acabado la cuerda
se há parado la máquina.)
Marinero,
tu tienes una estrella en el bolsillo...

Drop a star!
Enciende con tu mano la nueva música del mundo,
la canción marinera de mañana,
el hymno venidero de los hombres...
Drop a star!
Echa a andar otra vez en este barco vazio,
marinero.
Tu tienes una estrella en el bolsillo...
Una estrella nueva, de paladío, de fósforo, de imãn.

13 de maio

Tentei durante quase uma semana, não consegui trabalho na fábrica. Isso quer dizer que voltarei ao Brasil sem dinheiro. Talvez nem possa passar no Rio para ver Clara. O flat está uma bagunça. Hermes e quase todos os outros vão para Estocolmo trabalhar durante o verão, ninguém mais se importa com nada. Sábado vamos para Swiss Cottage, para a casa de Charles, de lá parto para o Brasil.

16 de maio

Passamos a noite na delegacia de Earl's Court. Motivo: Hermes e eu fomos presos roubando uma biografia recém-lançada de Virginia Woolf escrita por Quentin Bell, o filho de Vanessa. Ficamos rondando, eram dois volumes cheios de fotos, eu estava com a capa marroquina, Hermes com um casaco enorme. Enfim apanhamos um volume cada um e saímos para a High Street Kensington. Já estávamos quase no parque quando o cara da livraria veio correndo atrás. Chamaram a polícia, Hermes nervosíssimo, achando que seríamos deportados. Brinquei, dizendo que de agora em diante Virginia Woolf seria nossa padroeira, nossa fada-madrinha. E que *anyway* era um roubo muito digno. Dormimos cada um em uma cela e de manhã cedo, sem café nem nada, nos levaram num carro cheio de pequenas celas individuais para Shepherd's Bush, para apanhar mais presos. Conversei um pouco com um suíço ladrão de jóias, elegantíssimo, bigodes louros retorcidos para cima, a cara de Helmut Berger. Havia mais duas indianas pegas roubando roupas íntimas na Biba e um *freak* holandês com uma mala enorme cheia de tijolos de haxixe. Todos odeiam a Inglaterra. Roubaram o mundo inteiro, diz uma das indianas, e agora não querem ser roubados?

Fomos julgados na corte de Hammersmith, o mesmo lugar onde julgaram Angie das outras vezes. O juiz era uma mulher, cara muito fechada. Dissemos que éramos estudantes de literatura e não tínhamos grana para comprar livros. Não adiantou nada: trinta libras de multa para cada um. Merda, todo o dinheiro que eu pretendia levar para o Brasil.

Hermes foi trabalhar arrasado. Vim para casa, deitei no meio do kaos com aquele xale roxo de fazer *bad trip* e fiquei esperando visitas. Essas notícias correm depressa, todo mundo já sabia, e também todo mundo já foi preso. Chico trouxe o violão e cantou, Helô jogou um Tarot para mim, mas sempre sai a Torre Fulminada pairando, ela fica insistindo que pode ter um bom significado, mas sei que é sempre péssimo. Sylvia trouxe um bolo e um maço de Players Number Six, vai depois de amanhã para Estocolmo. Suavíssimos, todos. Imagine se eu ia perder uma oportunidade rara dessas de ser bem-tratado.

22 de maio

Eu me fui, eu me sou, eu me serei em cada um dos girassóis do reino a ser feito. E as coisas terão que ser claras. Releio o que escrevi neste caderno, desde janeiro, revejo o que vivi. Tudo me conduziu para este *here and now.* Tudo terá que ser claro. *How can I tell you?*

25 de maio

Cartão de Estocolmo, Sylvia diz: *"India is the way"*. No fim do verão, há sempre caronas saindo de Amsterdam. Vai-se pelo Nepal, pela Armênia. O caminho terrestre para as Índias. *Todo mundo* está indo para lá, Sylvia garante. Vacilo, fico pensando: e se eu mudasse tudo e fosse também? Primeiro Estocolmo – *tak, tak, inte pratte svenska, venta po mei* –, um quarto em Kungshambra ou Freskati. Depois Katmandu em vez de Copacabana, budismo tibetano em vez de escola de samba.

26 de maio

Hermes me dá os poemas de Sylvia Plath. São febris, obsessivos, mórbidos, mas não consigo parar de ler. Fico tentando traduzir *Fever 103,* mas é difícil, já nos três primeiros versos tenho um problema:

Pure? What does it mean?
The tongues of hell
Are dull, dull as the triple (...)

Os dois primeiros versos, tudo bem. E "labaredas" acho que fica melhor que "línguas", é evidente que ela está se referindo ao fogo dos infernos. Mas como traduzir *dull*? Opacas, sujas, gordurosas?

Sylvia Plath é sempre um mal-estar.

27 de maio

Hermes também partiu para Estocolmo, me deixou alguns *cleanings*. Com Charles, vim para um fim de semana em Chichester, na casa de Billy e Mike. É bonito aqui. A cozinha branca, o bule vermelho sobre a mesa de madeira, a janela aberta para o jardim cheio de rosas e trepadeiras, um dia de primavera nítido. As vozes de Charles, Billy e Mike lá fora, combinando assistirem Diana Dors no festival de teatro, à noite ela faz *Seis Personagens* em *Busca de um Autor* de Pirandello. Quando criança, eu colecionava fotos dela, de Jayne Mansfield e Mamie van Doren, todas as imitadoras de Marilyn Monroe. Agora, ela é uma senhora de idade, virou artista séria, a dois passos daqui. A vida é mesmo doida.

Talvez eu já não esteja completamente aqui. Nem lá, seja onde for. Antes de viajar, fico pairando. Talvez a alma parta antes, e não saiba direito para onde ir sem o corpo. Na morte deve ser parecido.

Billy pergunta de Angie. Foi deportado, digo – é verdade, alguém me contou há alguns dias, não lembro quem. Sei que Deborah ficou em Londres, me disseram que estava trabalhando como *scort-girl*. Charles seca a Henna dos cabelos ao sol. Há tanto sol hoje, quase tanto quanto no Brasil todos os dias. Me revisito no inverno, subindo as escadas sujas no escuro, uma vela acesa na mão, sentindo fome, o dente quebrado. Quero esquecer completamente. E sei que nunca esquecerei.

28 de maio

Fui fazer meu último *cleaning*. Diálogo com Mrs. Simmons:

– *What about my fears?*

– *Well, I never pay fears to Hermes.*

– *Sorry, but I'm not Hermes. I came from Chichester today only to clean your house.*

Fui ao banheiro lavar as mãos. Tinha que me dar dez pences. Uma inglesona redonda, rosada, busto enorme, corada, aquele ar de gentileza excessiva que esconde sempre o desprezo. Que povo. Quando saio do banheiro, ela me espera na escada com uma moeda de *cinco* pences na pata gorducha.

– *That's your money.*

Fiquei puto, berrei:

– *I don't want it! I don't need your fucking money! I hate all the English ladies!*

Fui saindo. Ela atrás, imperturbável, monstruosa:

– *Please, could you take the rabbish to the basement?*

– *No! I can not! I'm going to my country!*

29 de maio
(no avião)

Problemas em Heathrow na hora de pesar a bagagem. Teria que pagar umas trinta libras de excesso, e eu só tinha cinco. Enfiei uns jeans dentro das mangas de um casaco, distribui outras coisas pelos bolsos, mas tive que deixar muita coisa com Charles. Ficaram todos os panos indianos, os livros de Tarot,

Macrobiótica, Alquimia, Astrologia, o vaso chinês, as duas bonecas, a bailarina e a camponesa, a chaleira Rudolpha Elizabeth. E os diários todos da Espanha, França, Suécia, Holanda, os primeiros tempos de Londres. Fiquei pensando se não terei deixado o essencial – e o essencial eram as coisas que coloriram a minha vida nesses dois anos sem cor.

❖

Vejo a Inglaterra de cima. Não sinto nada. Vazio. Agora tudo é passado. Meu presente é este vôo onde nada acontecerá. E o futuro branco. Londres fica para trás. Ainda está claro, dá para ver o canal da Mancha, a ilha de Wight ao longe. Fome. Vontade de conversar com alguém, mas perto só há uns italianos de ternos escuros falando muito rápido, parecem mafiosos. E devem ser.

❖

Canapés e coca-cola. A aeromoça da Aerolineas Argentinas fala espanhol com os outros e inglês comigo. Deve ser o brinco na orelha esquerda, roubado do antiquário de Chichester, a bolsa indiana roubada na Biba, os óculos roubados em Portobello. É tudo roubado, *cariño, puedes hablar español.*

❖

Orly. Afinal, não voltei a Paris. Mas haverá tempo. Um crescente enorme no céu. Faço as contas, deve estar em Virgem. Reorganizar tudo no Brasil? Sobe um time inteiro de futebol ou algo assim, franceses. Cutucam-se, me olham, me filmam. Minha aparência destoa completamente de todo o resto. Começo a desconfiar que London, London, Babylon City é um lugar *very, very special.*

❖

Peço à aeromoça algumas revistas ou jornais brasileiros. Ela me traz uma *Manchete.* Misses, futebol, parece horrível. Então sinto medo. Por trás do cartão-postal imaginado, sol e palmeiras, há um jeito brasileiro que me aterroriza. O deboche, a grossura, o preconceito.

❖

Saímos de Madri, Barajas. Dei uma voltinha pelo aeroporto. Uma caretice absolutamente inacreditável, é como se tivesse entrado numa máquina do tempo. Devo ter ficado tão acostumado às roupas e ao *feeling* londrino que simplesmente esqueci que, além da ilha, existem outras coisas. A memória é sempre muito sacana.

❖

De dentro do caderno cai uma folha dobrada. É um poema que Clara encontrou, copiou e mandou do Rio, sobre Ícaro. Diz que é de Darwin, acho estranho. Mas leio outra vez e copio para não pensar:

... com a cera derretendo e o fio solto
caiu o desgraçado Ícaro, sob inertes asas;
direto através do céu medonho,
com os membros torcidos e os cabelos em desalinho,
sua plumagem espalhada dançou sobre a onda

e, chorando-o, as nereidas ornaram sua sepultura aquática.
Sobre seu pálido corpo deitaram suas flores de pérolas marinhas
e espalharam musgo vermelho no seu leito de mármore
e em suas torres de coral repicaram os sinos
que ressoaram sobre o vasto oceano esse dobre.

❖

Sobrevoamos o Atlântico, a grande asa sob minha janela. Escrevo, escrevo. O ronco dos motores, as narinas cheias de casquinhas de sangue endurecido. Penso em Sylvia, em Estocolmo, irá mesmo para a Índia? E eu não fui, agora é tarde. Tenho medo, desde Londres as palmas de minhas mãos estão encharcadas de suor.

Meu Deus, não sou muito forte, não tenho muito além de uma certa fé – não sei se em mim, se numa coisa que chamaria de justiça-cósmica ou a-coerência-final-de-todas-as-coisas. Preciso agora da tua mão sobre a minha cabeça. Que eu não perca a capacidade de amar, de ver, de sentir. Que eu continue alerta. Que, se necessário, eu possa ter novamente o impulso do vôo no momento exato. Que eu não me perca, que eu não me fira, que não me firam, que eu não fira ninguém. Livra-me dos poços e dos becos de mim, Senhor. Que meus olhos saibam continuar se alargando sempre. Sinto uma dor enorme de não ser dois e não poder assim um ter partido, outro ter ficado com todas aquelas pessoas.

Volta a pergunta maldita: terei realmente escolhido certo? E o que é o "certo"? Digo que todo caminho é caminho, porque nenhum caminho é caminho. Que aqui ou lá – London, London, Estocolmo, Índia – eu continuaria sempre perguntando. Minhas mãos transpiram, transpiram. O nariz seco por dentro. Não quero escrever mais nada hoje. Um casal transa em pé no corredor, sobre o Atlântico. O italiano a meu lado dorme com a mão no pau o tempo todo, será um costume latino?

A lua já se foi. As Plêiades, como dizia Safo, já foram se deitar. E eu vim-me embora, meu Deus, eu vim-me embora.

Creme de alface

O que me aterroriza neste conto de 1975 é a sua atualidade. Com a censura da época, seria impossível publicá-lo. Depois, cada vez que o relia, acabava por respeitá-lo com um arrepio de repulsa pela sua absoluta violência. Assim, durante vinte anos, escondi até de mim mesmo a personagem dessa mulher-monstro fabricada pelas grandes cidades. Não é exatamente uma boa sensação, hoje, perceber que as cidades ficaram ainda piores, e pessoas assim ainda mais comuns.

Enfim, enumerou na esquina, Raul se enforcara no banheiro, cinco anos exatos amanhã, e este maldito velho com passinho de tartaruga bem na minha frente, eu tenho pressa, quero gritar que tenho muita pressa, Lucinda quebrou as duas pernas atropelada por um corcel azul três dias depois da Martinha confessar que estava grávida de três meses, e não quer casar, a putinha, desculpe, mas o senhor não quer deixar eu passar? tenho pressa, meu senhor, o telegrama, a putinha, crispou as mãos de unhas vermelhas pintadas na alça da bolsa, pivetes imundos, tinham que matar todos, venha urgente, ir como com aquele desconto de trinta por cento no salário e todos os crediários, papai muito mal pt, apoiou-se, não, não se apoiou, não havia onde se apoiar, apenas pensou no apoio de alguma coisa sólida que não estava ali, havia só os corpos, centenas deles indo e vindo pela avenida, ela roçando contra as carnes suadas, sujas, as gosmas nas lentes dos óculos, como se não bastasse a tia Luiza agora que nem criancinha, mijando nas calças, brincando de boneca, dá licença, minha senhora, tenho seis crediários para pagar ainda hoje sem falta, aqueles jornais cheios de horrores, aqueles negrinhos gritando loterias, porcarias, aquele barulho das britadeiras furando o concreto, naquele dia, a fumaça negra dos ônibus e eu de blusa branca, a idiota, introduzindo devagar a chave na porta do apartamento de Arthur, buquê de crisântemos na outra mão, uma hora tão inesperada, e tão inesperados os crisântemos, a senhora não vai andar mesmo? o sinal já abriu faz horas, só uma cretina seria capaz de trazer duas crianças ao centro da cidade a esta hora, ele jamais poderia imaginar, o ruído leve da chave abrindo a porta, animal, por que não olha onde pisa? atravessar a sala na ponta dos pés, abrir a porta do quarto e de repente a bunda nua de Arthur subindo e descendo sobre o par de coxas escancaradas da empregadinha, meu deus, mulatinha ordinária, se pelo menos fosse uma profissional, eu podia entender, eu não podia entender, vomitou no elevador sobre os crisântemos amarelos, não, não sei onde é a Casa Oriente, pergunte para o guarda, agora ele vai morrer, será castigo? câncer no baço, nunca mais seu cheiro de cavalo limpo, nunca mais o peso e os pêlos de seu peito sobre meus seios quase murchos, a putinha, a mulatinha vadia, por isso me olhava com aquele ar superior, ainda por cima esse calor absurdo em pleno inverno, o eixo da Terra, dizem, a estufa, o ozônio, tudo um horror, em dez anos estaremos todos surdos, cegos, envenenados, as lãs do começo do dia vertendo suores entre as pernas, como é que uma gorda dessas pode sair à rua ao lado de outra gorda ainda mais larga? fazem de tudo para atravancar o movimento alheio, se pelo menos tivessem avisado a gente, você não vai me vencer, ouviu bem sua vida de merda? eu vou ganhar de você no braço na raça e quem se meter no meu caminho eu mato, sem falar no Marquinhos o tempo todo enfiando aquelas coisas nas veias, roubando coisas pra comprar a droga, e sou eu sozinha quem carrega todo esse peso nas costas, isso ninguém percebe, ninguém valoriza, não, eu não nasci para viver neste tempo, sensível demais, no colégio já diziam, certo talento pra dança, eu tinha, e a Lia Augusta agora querendo ser modelo, fortunas naquelas fotos, não tenho nada com isso mas falei assim pra Iolanda, bem na cara dela: é tudo puta, o senhor por favor poderia fazer o obséquio de tirar o cotovelo da minha barriga? porque precisa ser super-humana, vocês estão me entendendo, seus porcos, boiada, manada, desviou com nojo do velho, a pústula exposta, vai pedir dinheiro na Secretaria da Fazenda, já cansei de dizer que mendigo é problema social, não pessoal, a cadela da Rosemari bebendo cada vez mais, meio litro de uísque até o meio-dia, depressão, ela diz, no meu tempo isso tinha outro nome, pouca-vergonha era como se chamava, este fio fino de arame atravessado na minha testa, de têmpora a têmpora, vibrando sem parar, é preciso sim ser biônica atômica supersônica eletrônica, vocês pensam que eu sou de ferro?

Quando ia começar a rir alto parada na esquina, viu a bilheteria do cinema, a franja de Jane Fonda, imaginou a temperatura amena, o escuro macio na medida exata entre o seco e o úmido e pelo menos, decidiu olhando o relógio, ainda dá tempo, os crediários podem esperar, pelo menos duas horas santas limpas boas de uma outra vida que não a minha, a tua, a dela, a nossa, uma vida em que tudo termina bem.

❖

Foi então que a menina segurou seu braço pedindo um troquinho pelo amor de deus pro meu irmãozinho que tá no hospital desenganado, pra minha mãezinha que tá na cama entrevada, tia. Ela disse não tenho, crispando as unhas vermelhas na alça da bolsa enquanto puxava a entrada do outro lado do vidro da bilheteria. A menina insistia só um troquinho pro meu irmãozinho e pra minha mãezinha, moça bonita, tão perfumada. Ela repetiu não tenho e de novo não tenho, mas a menina olhava o troco pedindo cinqüenta centavinhos, uma tia tão bonita, eu tô com tanta fome e o meu irmãozinho desenganado no hospital e a minha mãezinha entrevada em casa, eu que cuido. Ela gritou não tenho porra, e foi tentando andar em direção à porta do cinema, não me enche o saco, caralho, em volta os outros olhavam, e não me chama de tia, mas a menina não largava seu braço. Assim: ela segurando com força a alça da bolsa fechada enquanto tentava andar, e sem querer arrastando a menina que não parava de pedir. Ela sacudiu com força o braço como quem quer se livrar de um bicho, uma coisa suja grudada, enleada, e foi então que a menina cravou fundo as unhas no seu braço e gritou bem alto, todo mundo ouvindo apesar do barulho dos carros, dos ônibus, dos camelôs, das britadeiras, a menina gritou: sua puta sua vaca sua rica fudida lazarenta vai morrer toda podre.

Tão exato, subitamente. Inesperado, perfeito. Mais contração que gesto. Mais reflexo que movimento. Como um passo de dança ensaiado, repetido, estudado. E executado agora, em plenitude.

Ela ergueu a perna direita e, com o joelho, pelo estômago, jogou a menina contra a parede. A menina escorregou gritando cadela filha da puta rica nojenta vai morrer toda podre. Mas tantos carros passando e tanto barulho mas tanto tanto, justificaria depois, à noite, na mesa do jantar, bem natural, servindo a sopa ainda não decidira se de ervilhas ou aspargos, sabem, hoje me aconteceu uma coisa que, tudo vibrando tanto, tudo se movendo tanto, tudo girando tanto, esse arame atravessado na minha testa, uma coroa de espinhos. Certeira, com a ponta fina da bota acertou várias vezes as pernas da menina caída. Alonga e contrai e bate e volta e alonga e contrai e bate e volta: exatamente como numa dança, certo talento, todos diziam.

Mas não esperou pelo sangue. Afastou as pessoas em volta com os cotovelos, só o tempo de comprar um pacote de pipocas, para afundar naquele escuro exato, nem úmido nem seco, em tempo ainda de ver no espelho da sala-de-espera uma cara de mulher quase moça, cabelos empastados de suor, roxas olheiras fundas e mãos de unhas vermelhas pintadas crispadas com força na alça da bolsa.

❖

Quase uma assassina, não pensou, meu deus, quase uma criminosa, espalhando-se sem horror na poltrona no momento em que as luzes começavam a diminuir. Apertou a bolsa no colo, puxou com as unhas, para baixo, a gola alta arranhando o pescoço, cheiro de bicho, sentiu, cheiro meu de bicho eu brotando do meio dos meus seios quase murchos, seis crediários e esse dinheiro por um filme que nem sei direito, Arthur deve estar morrendo mais um pouco agora, os cabelos finos e frágeis da quimioterapia. Ah, se enforcar feito Raul, se deixar atropelar igual Lucinda, regredir como tia Luiza, emprenhar que nem Martinha, trair como Arthur, se drogar igual Marquinhos, beber feito Rosemari, virar puta que nem Lia Augusta: biônica atômica supersônica eletrônica – catatônica o dia inteiro no canto do pátio, enrolando no dedo um fio de cabelo ensebado, os outros mijando e cagando em cima dela, a pia cheia de louça de três meses, lesmas, musgos, visgos, deixar apodrecer a vida como a vida deixou apodrecer o coração, não, não nasci para este mundo, a bunda num subindo e descendo sobre um par de coxas alheias, ainda por cima mulatas, nunca mais e eu de blusa branca e com crisântemos amarelos, puta fudida, cadela escrota, ai que vou morrer toda podre por dentro, por fora.

O bico da bota ardia querendo mais, cinco anos no fundo de uma cama, e de repente o contato do joelho quente de uma perna estendendo-se da poltrona ao lado, tentou prestar atenção nas imagens, a silhueta das cabeças, meu deus, que boca tem a Jane Fonda, pensou em mudar de lugar, mas tão cansada, um oceano de paz, e antes de decidir arriscou um olho para o nariz poderoso do macho ao lado desenhado no escuro a seu lado, e suspirou mole, por que não, ninguém vai saber, cadela gorda no cio afundada cada vez mais na poltrona, a boca cheia de pipocas.

Pouco antes de abrir as pernas deixando os dedos dele subirem pelas coxas, bem devagar, para não assustá-lo, ainda esfregou as palmas secas das mãos uma contra a outra, tão ásperas, o espelho da sala de espera, uma lixa, que pele meu deus tem a Jane Fonda, o lixo das ruas e o roxo das olheiras tão fundas, mas tão fundas pensou acariciando o rosto enquanto um dedo dele entrava mais fundo, tão fundas que resolveu, eu mereço, danem-se os crediários, custe o que custar saindo daqui vou comprar imediatamente um bom creme de alface.

Mas apenas e antigamente guirlandas sobre o poço

É um dos contos mais estranhos que escrevi, em 1970 ou 71, mas não lembro onde ou por quê. Sua gênese é mistério absoluto para mim. Publicado uma única vez no Caderno de Sábado do Correio do Povo, *com direito a belíssima ilustração de Nelson Boeira Faedrich, foi depois incluído em* O ovo apunhalado *e retirado do livro pela censura interna do IEL (leia-se Paulo Amorim). Tem alguns vanguardismos gratuitos e pirotecnias de pontuação (não há nenhuma vírgula, por exemplo), mas de alguma forma irracional me horroriza tanto quanto fascina, talvez justamente por não saber de onde veio tanta violência e sombra.*

Yes I am that worm soul under
the hell of the daemon horses
(Allen Ginsberg: *Planet News*)

De certa forma era o meu rosto. Apenas de certa forma: acentuo. Mas isso já não tem importância. *Antes*: afastamos as grades de ferro do elevador e descemos para o corredor cinzento. E não era sequer um corredor estranho. Talvez o prédio fosse um pouco velho demais para a rua. Mas ainda assim justificável. Ou compreensível. Também as miúdas farpas de cimento engastadas nas paredes – o piso de ladrilhos escuros – a luz amarelada na distância do teto. Tudo isso *antes*. E.

Ouvimos a campainha soar muitas vezes no interior do apartamento e sem querer visualizei o som agudo desvendando adentros que eu não conhecia e que também não me importavam até então porque nada sabia dele e também porque estava imerso numa espécie de escolha assim como um lago escuro de fundo e superfície iguais onde nunca outra vez as pedras ou as folhas caídas no outono formariam círculos concêntricos. Mas eu ouvia. Várias vezes depois da campainha soar ela disse que ele não estava e ainda *antes* acrescentou que era pena ele não estar porque eu gostaria de conhecê-lo. Não disse se também ele gostaria de me conhecer mas não teve importância: ainda que fosse dito nada acrescentaria ao que eu já desesperava. Também não me lembro dela nem seu rosto porque até o momento seguinte tudo seria esquecido. Todo esse *antes* que assim rotulo e desenrola-se em espirais na memória entrelaçada de turvos afundados em fundo e superfície daquele mesmo lago que não refletiria o céu outra vez: todo esse *antes* e tudo isso antes eu já sabia. Só não sabia dele. De quando voltamos pelo mesmo corredor enquanto eu passava a palma das minhas mãos pelas farpas de cimento e a luz do teto amarelava nossas sombras no cinza dos ladrilhos. Não lamentei. Sei que não lamentei porque inesperava que alguém ou alguma coisa voltasse a perfurar o endurecido que fora se sedimentando ano após ano no de dentro do meu eu por dentro. E nem sequer estava sozinho. As grades do elevador se abriam quando ele nos chamou na porta do apartamento: *durante.*

❖

Repito exatamente: *durante.* A partir de então não consegui voltar nem à superfície nem ao fundo: manifestava-se o interstício entre sono e vigília – branco e preto – bem e mal. Ponto de transição. Ela voltou-se. Eu voltei-me. E foi então que o lobo veio à tona. Encolheu-se encolhendo as unhas feito gavinhas de planta carnívora aconchegada à própria ferocidade. Ah. Não era fácil mas tinha o áspero gosto do escuro vertiginoso. Sei que olhei a face dele. E de certa forma a sua face era a minha face. Não a minha face inexpressiva que – *durante* – o encarava perplexa do meio do corredor enquanto ele estendia a mão para tocar-me. Não. Apenas de certa forma a sua face era a face que eu deveria ter tido antes de sabê-lo com aquela face que deveria ter sido a minha. Eu olhei a sua face. Ele olhou a minha face. E enquanto dizia coisas à mulher eu soube que pensava a respeito da minha face coisas semelhantes às que eu pensava a respeito da sua porque me olhou com olhos enormes e os enormes olhos esverdeados que eu não tive e qualquer coisa vaga como um peixe colorido e lento cortou de leve o fundo das pupilas dele. Não nos falamos.

O apartamento era feito de estreitos labirintos metálicos no meio dos quais ele se movimentava com desenvoltura mostrando entradas e portas mas nunca saídas nem janelas. Não havia nada de extraordinário: esse era o jeito dele morar. A partir de então não lembro da mulher. Sei que falava: minha memória auditiva registrou uma espécie de fita em rotação alterada rapidamente sobrepondo palavras desimportantes. Minha memória visual nada registrou. Talvez porque ela não devesse ser vista mas ouvida. Talvez porque ouvida atormentasse menos do que vista e ainda assim insuportável. Era. Enfim: uma mulher interferindo como outra qualquer no momento do encontro entre dois homens. Os olhos esverdeados que não eram meus detalhavam minha face: os olhos parados que eram os meus detalhavam sua face. Percebi no seu pulso direito a mesma cicatriz que marcava meu pulso esquerdo. Mas percebi nos seus ombros uma desenvoltura que os meus não tinham. Seus dedos mais longos que os meus e sua boca mais livre que a minha e seus gestos debruçavam-se no ar em direção ao que desejava tocar: eu. Enveredava em direção à minha ferocidade de lobo. Sozinho em meu covil e vindo à tona e talvez pisando cuidadoso outras latitudes além da que me era mostrada. Temia. E o que queria ver: via jamais.

Quem sabe no fundo do lago alguma gruta.
Quem sabe no fundo da gruta alguma planta.
Quem sabe no fundo da planta alguma flor.
Quem sabe no fundo da flor alguma sede.
Quem sabe no fundo da sede algum lago.

Cerquei-o sedento porque não me dessedentavam os encontros. Porque a sua nitidez eu conquistaria palmo a palmo assim como nele fora natural feito um dom de fada madrinha em mim seria disputada em ranger de dentes e navalha contra veias em direção ao debruçar-me sobre o gesto – sobre o outro – sobre o tudo – mas em dor. Ele me tocava. Tudo tocava com seus dedos claros. O pescoço definido nascendo de um peito múltiplo. O cheiro das papoulas entorpecia o ar. As suas pupilas dentro das minhas. Um lago parado de águas apodrecidas e talvez mas apenas e antigamente guirlandas sobre o poço refletido num lago simplesmente limpo. Ou não. Toda a sua escuridão se diluíra ao adensar-se como se a concentração nas coisas transformasse essa coisa numa outra que fosse seu próprio oposto. Baixei os olhos: tudo que em mim se anunciava rude nele se mostrava doce. A mulher falava e falava e falava e falava ainda emitindo sons orgânicos guinchos distorcidos eletrônicos e uterinos porém eu não sabia o que viria depois. Se lhe pedir amor – porque o daria; se lhe pedir papoulas – porque as havia em quantidade pela sala; se lhe pedir um toque – porque o faria. Não lhe pediria nada. Senti que o ritmo se acelerava pressagiando o depois em breve. Não decidi porque já não decido meus rumos: minha única preocupação é manter a fronte ereta e o porte altivo exatamente como se cantasse um hino

ainda que dentro de mim as águas apodreçam e se encham de lama e ventos ocasionais depositem peixes mortos pelas margens e todos os avisos se façam presentes nas asas das borboletas e nas folhas dos plátanos que devem estar perdendo as folhas lá bem ao sul e ainda que você me sacuda e diga que me ama e que precisa de mim: ainda assim não sentirei o cheiro podre das águas e meus pés não se sujarão na lama e meus olhos não verão as carcaças entreabertas em vermes nas margens ainda assim eu matarei as borboletas e cuspirei nas folhas amareladas dos plátanos e afastarei você com o gesto mais duro que conseguir e direi duramente que seu amor não me toca nem comove e que sua precisão de mim não passa de fome e que você me devoraria como eu devoraria você ah se ousássemos.

Ele me olhava triste. Eu não suportava seu olhar triste a lembrar-me das vezes todas que o tinha procurado inutilmente pelas ruas sem encontrá-lo. Agora que o encontrava já não o procurava. E um encontro sem procura era tão inútil quanto uma procura sem encontro. Detalhei meus movimentos para que não o atemorizassem. E novamente o olhei. Ah se conseguisse. Mas sempre será preciso o pão desta agonia. E disse:

– Não farei um movimento para afastar os cadáveres que juncam as águas do lago não farei um movimento para conduzir o barco em direção ao sul pois sei que existem ventos e que os ventos sopram sei que se uma folha bater de leve no meu rosto eu a esmagarei feito mosca e sei que se houver cirandas pelas margens eu matarei as crianças sei do meu ser de faca sei do meu aprendizado de torpezas sei do que há no fundo desse lago e sei que você não o tocará porque a superfície não o revela e será mais fácil para o teu gesto afastar os cadáveres que juncam as águas de teu próprio lago e movimentar o barco a favor do vento e acolher as folhas que baterem em teu rosto e ouvir as cirandas e sorrir para as crianças paradas nos beirais sei da tua forma de chegar à morte sei da minha forma de chegar à vida e sei que não te tocarei no campo de trigo atrás de tua face e sei que não tocarás na ponta de faca atrás da minha face e sei do nosso mútuo assassinato e sei de nossa insaciável fome de carne humana porém te digo que este meu ser inaparente que este meu ser é de faca e não de flor.

Não foi difícil. A mulher calou-se repentinamente espantada. E tenho certeza que a matei naquele instante porque um pouco mais tarde ouvimos o sangue gotejar pelas escadas. Mas eu não queria o mal. Apenas não encontraria outra vez o mesmo pôr-do-sol na mesma tarde assim como a minha face não seria jamais a dele.

❖

Esse era o *depois*: tudo se turvou. Digo: qualquer coisa que eu não fui. Ele. Qualquer coisa que eu poderia ter sido. Qualquer coisa um pouco mais dura e menos preocupada em entretecer ternuras. As minhas possibilidades esfaqueadas. Desde que tudo se turvou. Como o amava – e tanto – quis dizer-lhe que tivesse cuidado. E que se curvasse ao me ver baixando a mão até o cinto para retirar o punhal e depois e lentamente cravá-lo inúmeras vezes no seu peito múltiplo e que detivesse meu braço no momento exato em que eu começasse a fincar as agulhas no fundo verde dos olhos que eu não tive e distribuí-las pelo corpo inteiro em laborioso cuidado porque eu o amava – e muito – e suavemente distender os dois braços como quem faz um exercício e na ponta dos braços abrir as mãos que não foram magras como as dele e dedos nem tão longos como eu desejaria mas fortes o suficiente para armarem uma trama em torno de sua garganta e depois apertarem com destreza e encantamento até que seu rosto igual ao meu se contorça em ânsia e se congestione e descambe leve para o lado esquerdo e seus olhos contenham um espanto no intervalo entre o sempre e o nunca e sua mão direita ainda esboce no ar um gesto qualquer de quem segura alguma coisa redonda e viva feito uma papoula.

Depois: abandonar os dois cadáveres e ultrapassar os labirintos metálicos para atingir o corredor de farpas engastadas e ver minha sombra única projetada nos ladrilhos escuros e comprimir o botão do elevador e abrir as grades e fechar as grades e descer e abrir as portas para ir além de um átrio iluminado pelo sol que não verei e recusar os toques e finalmente sair para a rua nova cheia de cores que não as minhas e sentir o lobo contrair-se voltando a ser inaparente e só então me deter. Deter-me para lembrar com saudade daquele rosto que matei e que de certa forma era o meu. Apenas de certa forma. Porque tanto e muito repito que eu o amava. Exatamente como quem mata.

Antípodas

Para Natália Lage

Este diálogo sem narrador foi publicado em dezembro de 1977, na Folha da Manhã, *onde por algum tempo, graças à confiança de Walter Galvani, mantive uma página semanal para publicar "o que quisesse", sempre com belas ilustrações de Magliani. Originalmente, era um capítulo do romance* Os girassóis do reino, *que venho tentando escrever há uns vinte anos, mas acabou virando, creio, um conto com vida própria.*

– O sol está se pondo, você viu? A parte de baixo dele já começou a desaparecer no horizonte.

– Então a esta hora deve estar amanhecendo no Japão.

– Onde?

– No Japão. Do outro lado do mundo.

– Ah, os antípodas.

– Pois é, os antípodas.

– *An-tí-po-da* é uma palavra horrível, não?

– Melhor que *artrópodes.*

– Hein?

(*silêncio*)

– Eu quero me matar.

(*silêncio*)

– Eu estou apaixonada.

– Você quer se matar porque está apaixonada?

– Acho que sim.

– Mas você só tem dezesseis anos.

– E o que que tem? Não sei quem foi que disse que a gente devia se matar na adolescência, quando as coisas ainda são bonitas.

– As coisas não são bonitas?

– Não. Odeio cada pedra desta cidade. Cada porta. Cada casa. Cada cara que passa por mim na rua. Odeio, odeio.

– Mas não se mate.

(*silêncio*)

– Por favor.

– Por favor o quê?

– Não se mate.

– Ah, esquece. O sol está indo embora. Só falta um terço dele.

– Ninguém se mata por amor.

– Agora só tem uma lasquinha dele, bem vermelha.

– Olha, uma vez eu li um cara, um escritor chamado Cesare Pavese, que dizia assim: *"Ninguém se suicida por amor. Suicida-se porque o amor, não importa qual seja, nos revela na nossa nudez, na nossa miséria, no nosso estado desarmado, no nosso nada"*.

– E o que aconteceu com ele, esse tal Cesare?

– Se matou.

(*silêncio*)

– Pronto. Foi-se. O que era mesmo que você estava dizendo?

– Não importa.

(*silêncio*)

– Agora o ventinho.

– Hein?

– O ventinho, você nunca reparou? Logo depois que o sol se põe sopra sempre um ventinho da banda do rio.

– Nunca notei.

– Olha só: está vindo. Sinta. Veja as folhas daquela acácia ali, as bem de cima, como se movem.

(*silêncio*)

– Um dia até pensei em perguntar ao professor por que sempre vem esse ventinho. Depois eu não sabia se perguntava pro professor de Física ou de Geografia. Achei melhor não perguntar nada. Você sabe?

– Bom, acho que tem que ser alguém que entenda de Meteorologia.

– Não, não: você sabe por que vem esse ventinho?

– Sei lá, acho que deve ser o ar que esfria e se desloca, produzindo o vento. Alguma coisa assim.

– Ia ser *irreparável*...

– O quê?

– Dar um bandeira dessas, cara. Imagina só, perguntar sobre ventinhos para um monstro daqueles.

(*silêncio*)

– Como foi que você disse?

– Eu disse alguma coisa?

– Disse sim. Sobre um tal ar frio.

– Ah, é. Ele se desloca e aí produz o vento.

– Legal. Que professor era aquele que você acha que entende disso?

– Meteorologia?

– Mas não tem aula disso.

– Então não tenho idéia.

(*silêncio*)

– A essa hora alguém deve estar indo dormir de porre no Japão.

(*silêncio*)

– Deve ser engraçado japonês bêbado, com aqueles olhinhos. Devem ficar menores ainda, e tão apertadinhos que nem dá pra ver que estão vermelhos. O que é que você acha que japonês bebe?

– Acho que saquê.

– Saquê não é chinês?

– Então uísque, gim, vodca, cerveja, vinho, essas coisas que todo mundo bebe.

(*silêncio*)

– Coisa mais besta.

– O quê?

– Beber essas coisas. Porre de japonês devia ser diferente.

– Porre é porre. Diferente como?

– Ah, sei lá. Antípoda, por exemplo. Um porre antípoda.

(*silêncio*)

– Deve ter alguém acordando também.

– Hã?

– No Japão, deve ter alguém acordando lá. O que é que você acha que japonês faz quando acorda de manhã?

– Não sei. Lava a cara, acho. Depois escova os dentes, toma café.

– Café não. Toma chá.

(*silêncio*)

– E deve também ter alguém com insônia. Bem agora, na hora que os passarinhos começaram a cantar, deve ter um japonês com insônia olhando o dia nascer. Embaixo da minha janela tem um bem-te-vi que canta sempre lá pelas cinco da manhã. Será que no Japão tem bem-te-vi?

– Deve ter.

– Rouxinol eu sei que tem. Não tinha uma história de um imperador e um rouxinol?

– Não me lembro bem, mas acho que aquele imperador era chinês.

– Ah, mas tudo que tem na China deve ter no Japão.

– É, pode ser.

– Arara eu sei que não tem. Nem na China nem no Japão.

(*silêncio*)

– Quero pintar a minha janela daquela cor lá em cima.

– Qual, a rosa?

– Não, não. Aquela um pouco mais pra direita da última janela à esquerda no alto daquele prédio grandão aqui em direção ao meu dedo indicador. Está vendo?

– Acho que sim. Mas não sei se é a mesma que eu estou pensando.

– Aquela, entre o rosa e o azul escuro.

– Roxo, você quer dizer.

– Não, não é assim tão-tão. É mais uma entrecor, fica no meio do roxo e do azul-escuro. Mas muito mais pro lado do azul do que do roxo. Olha bem: você vê que até tem um pouco de rosa, mas tem uns dois ou três poucos mais de azul, entende?

– Índigo?

– Ah, eu gosto desse som: in-di-go. Que nem ar-tró-po-de. An-tí-po-da.

(*silêncio*)

– Você gosta de palavras? Eu também, mas gosto mais de cores. Como é mesmo essa que você falou?

– Acho que é assim tipo um azul-anil.

– O que é anil?

– Uma coisa que usavam antigamente para lavar roupa, acho que nem existe mais.

– Mas existe?

– O anil? Claro que existe. Existia, pelo menos.

– Não, não. Que coisa também, às vezes você parece que não entende o que a gente diz. A tal cor, o índigo.

– Ah, claro que existe. Aquela que você quer é que não existe. Só no céu.

(*silêncio*)

– Quer dizer que o que está no céu não existe?

– Não, não é isso. O que eu quero dizer é que aquela cor lá você não vai encontrar numa lata para pintar uma parede.

– Janela.

– O quê?

– É janela que eu quero pintar, não parede. E agora nem adianta mais, já mudou tudo. Cor de céu é coisa que muda depressa demais. Foi ficando tão escuro, você reparou? Quase tudo azul, depois preto. O preto vem vindo devagar do outro lado, de onde fica o Japão, toda noite.

(*silêncio*)

– Está anoitecendo. Vamos embora.

– Não quero ir embora. Eu vou dormir aqui.

– Não pode, é perigoso.

– Perigoso por quê?

– Você só tem dezesseis anos.

– E isso é perigoso?

– Perigosíssimo.

– Pouco me importa. Eu vou ficar aqui até anoitecer completamente no Japão amanhã de manhã. Não é assim? Amanhece aqui, anoitece lá. Anoitece lá, amanhece aqui.

(*silêncio*)

– Vamos, então? O motorista está esperando.

– Já disse que não. Vou dormir aqui.

– Então vou chamar o motorista, vou ligar para o seu pai.

– Pode ir. E quando você for, eu vou entrando no rio enquanto amanhece no Japão.

– Pra quê?

– Eu quero me matar enquanto amanhece no Japão.

(*silêncio*)

– É só você dar as costas e eu entro nágua. Duvida?

(*silêncio*)

– E todo mundo vai achar que a culpa é sua.

(*silêncio*)

– Ué, você não vai? Tá fazendo o que parado aí?

(*silêncio*)

– Não adianta nada meu pai pagar você só pra ficar me controlando. Porque se não for hoje, vai ser amanhã ou qualquer outro dia. Vou me matar bem na hora em que estiver amanhecendo no Japão.

(*silêncio*)

– Ninguém vai me impedir.

(*silêncio*)

– Estranho.

(*silêncio*)

– De repente eu tive a impressão que você não estava aqui.

(*silêncio*)

– Que você estava lá.

(*silêncio*)

– No Japão. No outro lado do mundo.

(*silêncio*)

– Eu vou dizer que você tentou me estuprar.

(silêncio)

– Todo mundo vai acreditar.

(*silêncio*)

– Deve estar bonito lá, amanhecendo.

(*silêncio*)

– Eu vou começar a gritar.

(*silêncio*)

Noites de Santa Tereza

Para Ledusha

Foi escrito em 1983, no Rio de Janeiro, entre as novelas de Triângulo das Águas, *e nunca publicado, creio, por ser às vezes francamente pornográfico. Sua linguagem ao mesmo tempo afetada e chula, cheia de referências literárias, tem uma influência deliberada de Ana Cristina César, na época minha grande interlocutora, amiga e cúmplice.*

Out of the ash
I rise with my red hair
And I eat men like air.
*(*Sylvia Plath*: Lady Lazarus)*

Me penetras por trás como a uma cadela, a grande cabeça roxa da tua piça encharcada pela minha saliva. Só fico de quatro, como gostas, depois de hastear tua bandeira no mínimo a meio pau, batendo acima do umbigo rendido de eletricista. Carpinteiros, ergam bem alto o pau da cumeeira! grito rindo arreganhada enquanto molho lençóis e mordo fronhas e teu leite grosso escapa de dentro de mim para melar coxas e pentelhos. Enxugamos os gozos em papel higiênico cor-de-rosa e voltas a me chamar de senhora, sem ouvir Claudia Chawchat que bate portas no quarto ao lado, escandalizada com meus gritos. Puta, não diz, mas ai! traumatismos, reumatismos, solecismos. Estou ficando velha e louca aqui no alto deste morro velho, bem na curva da mangueira e das tormentas.

No porto inseguro lá embaixo vão e voltam navios de e para Surabaya, Johnny, tira esse cachimbo da boca, seu rato! À hora da partida, acaricio culhões de estivadores pelo cais, mas acordo às quatro da manhã para chupar outra vez o guarda noturno, depois às seis me faço enrabar em pé pelo negrão jardineiro pedindo que me chame de Zelda para que eu goze como numa valsa. Zilda, ele geme, Zildinha, então desisto temporariamente de sexo e pela manhã compro rosas na feira onde não há um que eu não tenha, sabes? Tipo Clarissa Dalloway compareço à pérgola do hotel em modelinho vaporoso, entre sedas e musselinas me estendo na relva folheando diários da Mansfield e suavemente tusso, tusso, *très* Bertha Young. Mas não apago o cigarro, é com ele em punho que à tarde troto ladeira abaixo em chita estampada e havaianas, hibisco no jubão, bem Sonia Braga. Lambo com os olhos do rabo o cobrador e desço antes do Flamengo deixando telefone embrulhadinho junto com o dinheiro da passagem. Mais tardar sábado tem mulatão de Madureira em meu dossel.

Te busco por telefone, telegrama e telepatia na cidade antiga onde vendo móveis, viro punk a tesouradas, cinco furos na orelha esquerda, jogo um Volpi no lixo, cometo escrotidões indizíveis rasgando noites que não estas de agora, mais tropicais e tão ordinárias quanto. Enfim parto em lágrimas da cidade iluminada espatifando corações de gás néon, tudo em vão naquelas madrugadas em que choro bêbada cheirada malfodida metade no ombro de Patricia, metade no ombro de Luiz Carlos, e repito repito meu amor você não precisa mentir, você só precisa me dizer por que, Camille Claudel perde. Deixo recado definitivo na secretária eletrônica alta madrugada e parto, definitiva também, pasta de originais inéditos na sacola relíquia Biba de franjas e espelhinhos na gare da Estação da Luz: Janet Frame abandona a Nova Zelândia.

Agora sou o último quarto no fim de corredor, à esquerda de quem vai, não de quem vem, compreende? antes da queda brusca do caminho nos trilhos do bondinho. Ligo a TV sem som, espalho devagar nívea hidratante entre as coxas, pelas róseas pregas do cuzinho que eles gostam de arrombar, objetos brutais e necessários. E de novo te espero em desespero, outra paisagem, outros sabores, quem sabe o porteiro da noite batendo à porta dizendo ser você interurbano urgente na portaria e eu nem atenda abrindo de joelhos com os dentes manchados de batom o zíper do garotão. *Anyway,* amanhã vou e volto tentar te ver, talvez ponte-aérea, trem só se me sentir demasiado Karen Blixen, o que é raro. Trarei Rimbaud da Abissínia – alma gangrenada, a minha; dele a perna, naturalmente – para abnegada cuidá-lo até o fim. Recados para Isabelle, exigirei direitos totais sobre a obra, que não há de ser *par delicatésse* que perderei minha vida.

Entre os galhos da mangueira carregada espio a lua minguante sobre a Guanabara, lobiswoman esfaimada na curva das tormentas. Fumo além da conta, tenho umas febres suspeitas, certos suores à noite, muito além deste verão sem fim. Uns gânglios, umas fraquezas, sapinhos na boca toda, será? Tenho lido coisas por aí, dizem, sei lá. Não duro muito, acho.

Triângulo em cravo e flauta doce

Escrito no Rio, em 1971, este conto originalmente faria parte de O ovo apunhalado. *Mas com mais dois textos foi censurado pela direção do Instituto Estadual do Livro-RS, que publicou* O ovo *em 1975, num convênio com a Editora Globo. Em 1978, graças a Cícero Sandroni, saiu na brava revista* Ficção.

Ela disse que não tinha certeza de nada, que podia mesmo ser uma alucinação, um pesadelo, uma projeção subconsciente ou qualquer outra coisa assim. Enumerou suposições, os olhos preocupados evitando os meus, e disse também que preferia não contar, que sabia que eu ficaria preocupado e iria falar com ele, que talvez fosse agressivo e negasse tudo, ainda que o que ela havia visto e escutado fosse verdade.

Acrescentou que apesar de tudo nada tinha a ver com a vida dele, nem com a minha, e falou ainda em voz baixa que talvez também não tivesse nada a ver com sua própria vida.

Foi então que seus olhos se apertaram um pouco e por um momento pareceram cheios de lágrimas. Achei que fosse ilusão minha e não falei nada, até que ela começou a roer as unhas e afundou a cabeça na mesa.

Afastei o copo e a garrafa de vinho para tocar sua cabeça, mas interrompi o gesto em meio e fiquei com a mão suspensa sobre seus cabelos. Ela pareceu perceber, pois ergueu os olhos assustada, sem fazer nenhum outro movimento. Cheguei a pensar então em não insistir mais, disse para mim mesmo repetidas vezes que talvez fosse melhor para nós três que eu saísse imediatamente dali para não voltar nunca mais. Mas qualquer coisa me obrigava a permanecer.

Esperei sem dizer nada até que ela recomeçasse a falar. Depois de algum tempo olhando as mãos, disse que meu irmão não dormia há várias semanas, passava a noite inteira fumando, levantando da cama para ir à cozinha, ao banheiro, ou então à sala, onde colocava sempre aquela mesma música medieval em cravo e flauta doce, enquanto escrevia até de madrugada. Ela não chegou a dizer mas percebi que não suportava mais aquela melodia nem aqueles cigarros nem o barulho da máquina nem aquele escuro roendo o corpo e a mente dele. Andava magro, disse, nervoso, tinha olheiras fundas, às vezes ficava muito pálido e apoiava-se no primeiro objeto à vista como se fosse cair. Fiquei ouvindo, mas soube que não era só isso. E não insisti, apenas continuei olhando para ela enquanto falava.

Então ela disse devagar que estava grávida, e que contara a ele. Passou sem sentir os dedos de unhas roídas sobre o ventre ainda raso, depois disse que ele jurara matá-la se não tirasse a criança.

Perguntei se essa seria a causa do desespero dele, daquela música, das noites em branco, dos cigarros, das tonturas. Evitando me encarar, ela disse apressada que não, mas pouco depois tocou no copo cheio de vinho e disse que sim, pelo menos, acrescentou, pelo menos antes de saber aquilo ele andava mais calmo. Ficou calada de repente para depois dizer com esforço que sim, que tinha certeza que sim, que compreendia que fosse dessa maneira, que ela própria às vezes se horrorizava e pensava no ponto a que tinha chegado. O ponto terrível, ela repetiu, terrível.

Ela falou muitas coisas, e fiquei lembrando das suas tranças, antigamente, das suas meias sempre escorregando pelas pernas finas, da mania de subir nas árvores mais altas e ficar lá em cima até que alguém a obrigasse a descer para jantar ou tomar banho. Tinha sempre os cabelos finos caídos sobre os olhos numa franja rala, um ar obstinado de animal selvagem, as unhas roídas até a carne. E os olhos devorados por qualquer coisa incompreensível. Despertei com o toque de seus dedos no meu pulso, dizendo que não suportava mais. Perguntei se queria que eu falasse com ele, mas pareceu não ouvir. Disse que não suportava olhar para os braços dele e ver as manchas roxas endurecidas sobre as veias e saber da droga escorrendo por dentro, pelo sangue, enormizando as pupilas, desnudando os ossos, empalidecendo a pele.

Perguntei lento se tinha certeza, ela disse que sim, encontrava sempre seringas e ampolas e pedaços de borracha jogados pela casa, e tinha medo, perto dele tudo parecia fazer parte de um pesadelo, ela disse.

Ficou repetindo tudo isso enquanto eu pensava nele, brincando sozinho, voltado sempre para o sombrio, seus livros no porão, sua criação de aranhas, os mesmos cabelos finos dela, o mesmo ar obstinado, as suas vozes roucas, o seu medo.

De repente ela disse que talvez fosse melhor eu não falar nada, ele achava que ninguém sabia, talvez se voltasse contra ela, tinha medo.

Tentei acalmá-la dizendo que não era tão terrível assim, e fui repetindo como se fosse coisa decorada que: nas-pequenas-aldeias-gregas-isso-era-comum-e-que-em-alguns-países-da-Europa-e-mesmo-no-interior-do-Brasil-era-prática-normal-não-era-assim-tão-assustador. Sentindo-me vagamente ridículo, e também um tanto cruel, repeti que: vivíamos-um-tempo-de-confusão-e-que-todas-as-normas-vigentes-estavam-caindo-que-aos-poucos-também-todas-as-pessoas-aceitariam-todas-as-coisas-e-que-talvez-nós-fôssemos-alguns-dos-precursores-dessa-aceitação. Falei dessas coisas até cansar, enumerei nomes, contei lendas, lembrei mitos, mas não consegui evitar seu olhar de fera provocando tremores e abismos no fundo de minha voz.

Ficamos durante muito tempo olhando o copo de vinho cheio e a garrafa vazia. Até que senti uma presença às minhas costas. Voltei-me devagar, procurando não encará-lo, mas ao subir o olhar pelo seu corpo percebi as manchas nas veias ressaltadas pela magreza dos braços. Suas mãos tremiam segurando um cigarro. Abraçou-me com um carinho desesperado, acariciou-me os cabelos e as faces chamando-me lentamente de *mano, meu mano,* perguntou por que eu ficava tanto tempo sem aparecer, disse que eu precisava ler seus últimos poemas, olhou para ela e disse que ela estava espantada de como ele estava finalmente conseguindo uma linguagem própria, e disse ainda que eu precisava mesmo ler, e empurrou-me suave para a sala repetindo que eu precisava escutar alguns trechos dos poemas novos ao som de uma melodia medieval que descobrira há pouco tempo.

Sentei na poltrona e esperei de olhos fechados. Depois fiquei sentindo a sua mão sobre a minha e ouvindo a sua voz rouca lendo coisas estranhas, mágicas e tristes ao som de um cravo e uma flauta doce. Sem sentir fui sendo penetrado por um reino de escuridão, teias, náusea, dor, maldição e luz. Quis voltar, mas era muito tarde. A música crescia numa lentidão exasperante e a sua voz repetia enlouquecida coisas doces, difíceis, doentes. Pensei absurdamente numa tia antiga fazendo doce de abóbora com cal num tacho preto, nós três em volta, e num esforço enorme consegui abrir os olhos. E enquanto a boca dele se aproximava da minha, muito aberta, vi nossa irmã atravessar o corredor de luzes apagadas, os olhos baixos, os dedos da mão esquerda pousados de leve sobre o ventre onde cresce meu filho.

Red roses for a blue lady

Para Gilberto Gawronski

Escrito em 1969, é completamente inédito. O título veio de uma música americana chata que, na época, não parava de tocar no rádio. Sofreu vagamente alguma influência do realismo-mágico latino-americano, misturado à linguagem "descontraída" de J. D. Salinger – e talvez justamente por essa mistura e certa gratuidade geral, nunca quis publicá-lo. Ao encontrá-lo perdido numa pasta em uma única versão datilografada e toda rasurada à mão, nem me lembrava de tê-lo escrito um dia.

É verdade, sim, que recebi o diário dela. Não é natural que nesses casos a polícia sempre mande os pertences da vítima para o parente mais próximo? Sim, eu tenho vinte e cinco anos e sou, quer dizer, era filho dela. Único filho. O que não sei é se é certo ficarem chamando ela de *vítima,* e também nem sei se posso chamar de *pertences* aquelas tralhas da sacola de plástico. É que é muito pouca coisa – apenas o diário, um regador e uma tesoura. Acho que ela estava com uns sessenta anos, mas isso não tem importância nem acrescenta nada, afinal ter sessenta anos não justifica que se tenha como *pertences* um diário, um regador e uma tesoura. Andar sempre vestida de azul também não justifica nada, e ela andava, quero dizer, ela andava sempre vestida de azul, vocês compreendem? Detesto ficar repetindo essas coisas, mas acontece que eu não sei pensar antes de falar, como a maioria das pessoas, então eu vou falando e só penso depois e às vezes eu só me dou conta que falei alguma coisa que não devia depois de já ter falado, compreendem?

Como, não interessa? Se sou eu que estou falando só posso falar do jeito que eu falo, e quando eu estou falando o que não interessa tem que interessar porque só depois de falar o que não interessa é que posso falar o que interessa. Assim mesmo, quando me dou conta já estou só no que interessa e que, como eu já disse, às vezes não interessa *para mim,* mas para os outros sim. Estou sempre tomando na bunda com essa mania, que nem é mania, mas um jeito de ser, o quê? Tá bom, respondo, podem perguntar.

Sou despachante, sim. Pego papéis, carteiras de identidade, títulos de eleitor, certificados, fotografias 3 x 4, a maioria agora é 5 x 7, os senhores sabem, essas coisas, e encaminho passaportes, erregês, essas coisas. Têm dias que eu fico muito cansado de fila, guichê, carimbo, protocolo, têm dias que chega numa hora que parece que os pés não cabem dentro das meias e dos sapatos e que meus braços estão engordando dentro do paletó, as pernas dentro das calças, das cuecas, o tronco dentro da camiseta, porque eu ando sempre de cueca e camiseta e meias, mesmo no verão, mas troco todo dia. De camisa e gravata eu também ando, e tem horas também que o meu pescoço parece que fica maior que a camisa e que tudo que cobre meu corpo, meu corpo fica maior do que tudo que cobre ele, os senhores entendem?

Aí nessas horas eu pego e sento numa praça, desabotôo tudo, tiro os sapatos, as meias e fico ali sentado, um tempo. As coisas que acontecem numa praça – não precisa nem a gente prestar atenção nelas, elas só vão acontecendo em volta, não importa que ninguém se importe. Uma vez me ofereceram erva, os senhores sabem o que é, não? Pois é, eu não quis, nem sei por que, tem um amigo meu que diz que tudo é bom como experiência, mas tem umas experiências que eu não quero mesmo ter porque acho que tudo vai ficar muito difícil e eu não vou conseguir mais ficar dentro de mim mesmo. Se eu não conseguir mais ficar dentro de mim mesmo eu vou ficar muito sozinho, porque não estou acostumado a ficar fora de mim mesmo, isso eu não sei se os senhores compreendem, porque nem eu compreendo direito. Tem uma história que talvez explique melhor essa coisa de ficar dentro, ficar fora.

Outro dia numa dessas praças já era quase noite e não havia mais ninguém, um cara pediu para me chupar o pau. Ele pediu dum jeito muito educado e tudo, era um cara bem vestido, de barba, com um turbante colorido na cabeça, parecia um indiano. Bom, eu pensei, se ele quer tanto chupar o meu pau eu vou mesmo deixar, porque isso não me tira pedaço nenhum e eu posso continuar dentro de mim mesmo sem nem prestar muita atenção no que ele está fazendo. Eu não ia foder com ele nem nada, ia só deixar ele chupar meu pau, e isso de chupar pau nem precisa que você se mexa, os senhores entendem é só deixar o cara fazer e pronto, é só ficar quieto e o cara faz tudo. Por mim a gente tinha feito ali mesmo, mas ele preferiu o banheiro da praça, acho que porque o turbante chamava muita atenção.

Tinha uma mancha amarela nos azulejos da parede e eu fiquei olhando, olhando, até que a mancha amarela deixou de ser uma mancha amarela e começou a parecer uma escada que tinha na minha casa, uma escada toda de madeira, cheia daqueles bichinhos, como é mesmo o nome? ah, cupim, isso, uma escada de madeira cheia de cupim que tinha numa casa que era a minha quando eu era criança. Lembro que eu descia pelo corrimão, escorregando, os buracos da madeira e as felpas raspavam nos fundilhos das calças e os fundilhos sempre puíam, puíam até furar, aí a minha mãe cerzia e todas as minhas calças tinham os fundilhos cerzidos porque por mais que a minha mãe reclamasse eu nunca deixava de descer escorregando pelo corrimão. Ela reclamava sem ficar brava, dizia que era coisa de criança, me pegava no colo e não deixava meu pai me bater. Era sempre assim naquela casa com a escada, o meu pai querendo bater em mim e a minha mãe não deixando. Eu não gostava dele, mas não era só porque ele queria bater em mim, é que ele também batia na minha mãe e fazia outras coisas que não achava certas, mesmo quando não sabia direito o que eram.

Que coisas? Bom, uma noite eu desci bem devagar pela escada porque estava com sede e ia até a cozinha quando vi no tapete da sala meu pai e minha tia fazendo uma coisa que eu nunca tinha visto antes. Sentei no degrau e fiquei olhando, eles estavam sem roupa, ele era grande e peludo, com uma coisa dura no meio das pernas e a minha tia dava uns gemidos que parecia que estavam machucando ela, e eu não entendia porque ela ria e virava a cabeça para os lados se parecia sentir tanta dor. Numa dessas vezes que ela virou a cabeça, ela me viu sentado no degrau. Eu saí correndo e me tranquei no quarto por dentro mas não adiantou porque eu sempre sonhava que o meu pai estava me obrigando a chupar aquela coisa dura. Mas nunca nenhum deles falou daquilo comigo, e daí passou um tempo e um dia eu me olhei no espelho e vi que tinha ficado grande e peludo e com aquela coisa dura no meio das pernas, igual meu pai. Foi aí que eu saí de casa e arrumei esse trabalho de despachante e fui morar noutro lugar, porque ela não ia mais gostar de mim se visse que eu tinha ficado parecido com o meu pai, eu podia até querer começar a bater nela também.

Eu já disse que ela andava sempre vestida de azul, não é? Pois é, ela andava sim, e eu achava até bonito ela andar assim, ela dizia que era porque gostava de céu sem nuvens em dia bem claro. O meu pai? Ah, logo depois que eu fui embora, ele foi embora também, junto com aquela tia. Não, não sei pra onde, nem quero saber e tenho raiva de quem. Mas naquele tempo que eu morava lá não tinha esse regador nem a tesoura, nem o diário. No jardim só tinha rosas, e as rosas tinham morrido todas com uma geada brava de julho e aí ela deu o regador e a tesoura porque não serviam mais pra nada.

Namorada? Não, não tenho não. Tinha umas mulheres que moravam todas juntas numa casa perto da minha, da outra casa sem escada, para onde eu mudei depois que descobri que tinha ficado grande e peludo. Às vezes elas vinham me visitar e queriam fazer aquilo que meu pai fazia com minha tia no tapete. Quer dizer, elas queriam fazer na cama, tinha uma que queria fazer em pé na pia da cozinha, quem queria sempre fazer no tapete era eu. Elas só achavam esquisito e riam, elas riam muito e eu fazia com uma, duas, três, às vezes eu fazia até com as quatro, elas eram quatro. Eu era muito forte naquele tempo, só me sentia fraco quando lembrava que a geada de julho tinha matado todas as rosas no jardim de minha mãe, me enfraquecia tanto lembrar que minha mãe não tinha mais rosas para cuidar, e se ainda tivesse quem sabe de vez em quando ela se vestiria de vermelho, só para combinar, não é?

Aí aquele cara que estava me chupando o pau no banheiro da praça me perguntou por que é que eu estava olhando tanto a mancha amarela, eu falei das rosas e ele perguntou "mas eram rosas amarelas?" e eu disse "não, não, eram vermelhas, ela só gosta de rosas vermelhas". Então ele disse que tinha gostado muito de mim e que ia ajudar minha mãe, coitada, o dia inteiro vestida de azul, sozinha naquela casa, sem rosa nenhuma pra cuidar. Eu fiquei tão forte de novo que deixei ele me chupar outra vez ali no banheiro da praça, ele gostou mais ainda e os olhos dele brilhavam como os de gato no escuro, tinha as mãos muito finas e os movimentos leves como se estivesse embaralhando cartas, não sei se os senhores compreendem, e tinha também aquele turbante colorido na cabeça e uma barba fina, dentes muito brancos, mais brancos ainda contra aquela pele cor de azeitona e uma tatuagem no pulso em forma de cobra, assim dando a volta no pulso e mordendo a própria cauda. Eu disse que tinha horror de cobra e ele riu com aqueles dentes que pareciam ainda mais brancos naquela pele quase esverdeada e disse "mas não precisa ter medo, não é uma cobra de verdade".

Foi nesse momento que eu comecei a achar que ele era um sujeito muito inteligente, pois se a cobra não era de verdade eu não precisava ter medo dela, e se eu não precisava ter medo dela também não precisava ter medo dele, certo? Falei isso pra ele e aí ele tirou do bolso de dentro do casaco uma muda de roseira muito pequena e disse assim "toma, leva de presente para a tua mãe". Isso foi na segunda-feira passada, eu saí dali e levei imediatamente para a minha mãe, depois fui para a minha outra casa e não voltei mais lá.

O que eu quero dizer, mas acho que os senhores não compreendem mesmo, é que não tenho culpa nenhuma. A única coisa que fiz foi dar aquela muda de presente para a minha mãe, como ele disse, porque achei que ela ficaria feliz, e ficou, e eu também fiquei quando vi que ela ficou. Ele parecia um sujeito decente, bem vestido, educado, parecia estrangeiro, talvez indiano com aquele turbante colorido. Como é que eu podia saber que aquelas rosas eram carnívoras?

O escolhido

À memória de
Dona Leda Collor de Mello

Esta história foi escrita sob encomenda para o Jornal do Brasil, *às vésperas do segundo turno das eleições para Presidente em 1989. Com base em material de arquivo sobre a infância dos dois candidatos, a idéia era publicar um conto de Márcio Souza sobre Lula da Silva, outro meu sobre Fernando Collor. No dia marcado, os textos não saíram. Liguei para o* JB *e o editor informou: a direção do jornal considerara o texto altamente ofensivo. Meses depois foi publicado no bravo e breve jornal alternativo* Verve. *Uma curiosidade: ao procurá-lo para inclusão neste volume, foi o único que não consegui encontrar. Até que, em São Paulo, Gil Veloso achou-o no dia exato da morte de Dona Leda Collor de Mello.*

Veio num sonho. Que não era vago como costumam ser os sonhos, mas tão nítido que parecia real. Como nos sonhos, ele ao mesmo tempo estava fora e dentro de si. Não mais menino, mas um homem alto, moreno claro, forte, olhos penetrantes. Esse homem que agora era o menino que ele fora estava no alto de algo feito uma plataforma de madeira suspensa no espaço. Sabia que estava no alto porque olhando para baixo – a perder de vista, até o horizonte – podia ver milhões de cabeças humanas com os rostos voltados para ele, rostos atentos de olhos hipnotizados por suas palavras. E para todos aqueles olhos, rostos e cabeças, ele dizia palavras que saíam de sua boca como pedras de ouro – ouro falso, ele sabia, e por isso mesmo ainda mais brilhante. Mas o falso ouro parecia verdadeiro quando voava sobre todas aquelas cabeças transformando-se em líquido para chover sobre os olhos hipnotizados, dentro das bocas secas escancaradas. Então as vozes juntas de todas aquelas cabeças que pertenciam a milhões de corpos gritavam muitas vezes, muito alto, o nome dele.

Às vezes com sol, às vezes com lua, ele falava e suava. Abria a camisa encharcada, exibia o peito nu para aquela gente, erguia os braços com o punho cerrado traçando gestos também de ouro no ar daquela primavera ventosa, quase verão. Rei, príncipe, profeta, espadachim, cavaleiro andante, flautista capaz de encantar serpentes, mulheres e homens. O suor descia pelo corpo todo até concentrar-se – denso, viscoso – entre as coxas. Então, sem ninguém perceber, abria as pernas devagar para que o líquido fluísse entre os pêlos. Subia dos testículos direto pela barriga, pelo peito à mostra na camisa aberta, pelo pescoço de veias estufadas no esforço de produzir palavras, pelo rosto avermelhado por aquele calor que o ligava ao alto, num esticado fio vertical entre os pés e a cabeça. O teso fio que dourava suas palavras. "Para isso fui o escolhido", pensou. E não lembrava de ter sentido tanta felicidade – *seria felicidade* esse vigor, esse gozo? – em toda a sua vida.

Foi quando o menino ruivo ao lado dele estendeu para o céu a ponta do indicador de unha comprida. Indicou primeiro Marte, o planeta vermelho, de onde vinham o poder e a força, depois traçou uma linha de exatos noventa graus ligando Marte a outro planeta rosa, embaçado, cheio de nuvens. Netuno, acreditou ouvir quando baixou os olhos para o menino, de onde vem a inspiração, os loucos e os sonhos. E o viu desenhar treze círculos em volta dele, mancando um pouco, os olhos inteiramente verdes, sem íris nem pupilas, para com outros gestos tocá-lo em sete pontos e setenta e sete vezes sete torná-lo ainda mais poderoso, ainda mais dourado, ainda mais divino.

Acordou com dona Leda chamando, hora da escola, Fernando. Quis contar, não valia a pena. Ninguém entenderia. Além disso não havia tempo para mais nada além do banho, comer o pão, beber o café, pegar livros, recusar carona, vou a pé mesmo, me deixa em paz, não sou mais criança, que saco. Como em vários outros dias, todos iguais, tomou o caminho entre as palmeiras altas da rua Paissandu. Hesitou na esquina da praia. Mas o ônibus azul e amarelo era sempre mais forte.

Pela janela aberta as palmeiras corriam feito filme tropical, Pelmex, Xavier Cugat, Maria Felix, altas o suficiente para quase esconder o Pão de Açúcar que passava em frestas e fatias entre ramos, entre postes. "Para isso fui o escolhido", pensou. E sem que ninguém em volta percebesse – aquelas negras, aqueles nordestinos que um dia beberiam suas palavras de ouro falso como o mais puro vinho – outra vez suspendia-se majestoso, irresistível. Para que gritassem seu nome, e assim ele ganhasse a forma de uma pedra também de ouro que subiria ao céu para engastar-se bem no centro do Cruzeiro do Sul. Brilhava por um segundo eterno, depois pulverizava-se em mil cores a um golpe de espada do velho que devorava os próprios filhos. Sou Kronos, o velho dizia, prazer em conhecê-lo, Fernando. Ele riu, pois um dia, pensou olhando em volta, do cobrador ao maneta vendendo bilhetes de loteria, um dia todos vocês saberão. Num salto, desceu em Copacabana e caminhou até a praia.

Tirou os vulcabrás, amarrou os cadarços, pendurou-os no ombro, as meias dentro. Afundou os pés na areia ainda fresca da noite, quase dezembro, menos de nove horas. Arregaçou as calças, foi caminhando em direção ao Forte. Ergueu a cabeça, projetou o peito, evitando apenas alguns banhistas quando, nos espaços desertos da praia, gritou palavras grandes para o ar da manhã. Pátria, Destino, Honra, Dignidade, Justiça, Futuro. O sol mais forte, abriu a camisa, enveredou pelas ruas sem que ninguém se importasse com seus pés descalços, a pasta nas mãos. Era só um menino de quase dez anos fingindo que ia para a escola. No Arpoador, sentou nas pedras e olhou o mar. Fixo, sem piscar. Para aquela linha movediça onde o mar encontrava o céu, formando estranhas figuras. Sereias, harpias, súcubos, gnomos do mal. Como signos da linguagem secreta das trevas.

De repente, ao olhar para o lado, ele estava ali, o menino ruivo. Reconheceu-o imediatamente, e apenas para confirmar, mas estava certo, desceu os olhos pelas mãos magras dele até encontrar as unhas afiadas que conheciam os astros. E não tinha mais nenhuma dúvida quando ele deu alguns passos para quase tocá-lo, mancando um pouco, discretamente, mal se notava, como se usasse sapatos apertados demais. Seus próprios olhos escuros detiveram-se nos olhos inteiramente verdes do outro. Ele sorriu. O menino ruivo sorriu também. E disse, a voz rouca, quase adulta:

– Fernando, você teve um sonho.

Ele sacudiu os ombros, afetando pouco caso:

– Todo mundo tem, ora. E como é que você sabe meu nome?

O menino olhava fundo nele. Não para seus olhos, mas para qualquer outra coisa que não estava na cara dele. Por trás, por dentro e também para a frente, o menino olhava. Para a cara que ele teria um dia, e para todas as outras que estavam por trás e por dentro de uma por uma de todas as outras caras que ele teria. Até chegar naquela cara futura do homem do sonho – para essa cara que por enquanto ainda não viera, o menino ruivo e manco olhava agora com seus estranhos olhos verdes sem íris nem pupilas.

– Eu sei de muitas coisas. Sei do seu sonho, Fernando.

– Sabe nada. Se sabe, então conta, quero ver.

Mancando, o outro sentou a seu lado. E do corpo dele – seria dele ou do mar? – vinha um cheiro de ervas esmagadas, de fruta quase começando a apodrecer, de lixo doce demais. Não de todo repulsivo, mas tão penetrante que Fernando precisou respirar fundo para controlar a vertigem. Também, repetiu a voz da mãe, mal engole um pouco de café e sai por aí feito louco, estômago vazio. Sem tirar os olhos do mar ouviu atentamente, e por inteiro, seu próprio sonho contado pela voz inesperadamente adulta do menino ruivo. Quando o outro calou-se, perguntou:

– Como é que você sabe?

– Você sabe muito bem como eu sei, Fernando. Eu estava lá. E se você quiser, de agora em diante estarei sempre com você.

Ficaram em silêncio. Olhando para o mar, Fernando sabia que o menino ruivo olhava para ele. Sem piscar, nem um nem outro. Uma gaivota mergulhou súbita nas ondas para erguer um peixe no ar. O sol bateu nas escamas, arrancou um reflexo de prata.

– Ouro – o menino sussurrou. – Ouro e poder, você quer?

Ele não disse nada.

– Não só um apartamento ou uma simples casa – o menino sussurrou ainda mais baixo, mais perto. – Um país inteiro, você quer?

Ele não disse nada.

– Todas as montanhas, todos os rios. Todas as borboletas e pássaros e animais, todas as cachoeiras de cada uma das matas. As pedras de ouro verdadeiro, os diamantes mais puros do fundo das minas. Uma por uma das gotas de todos os poços de petróleo, você quer?

Ele não disse nada.

– Todas as cabeças, os corpos também. Dos velhos tão velhos que precisam apoiar-se em bengalas para caminhar, dos bebês recém-nascidos que ganharão o seu nome, em sua homenagem. As índias morenas de seios balançando, os adolescentes de carne macia e lisa, onde os pêlos mal passam de uma sombra. Os homens que caminham apressados com pastas cheias de dinheiro pelas avenidas das grandes cidades, todos os caboclos de pés descalços arando a terra e tirando bichos-de-pé à noite, quando descansam. As meninas de cintura fina desta e de outras praias, os rapazes de coxas fortes, peitos cabeludos, músculos salientes. As grã-finas bêbadas de champanha, as estrelas de TV, as garotas das capas de revista, os estivadores, joalheiros, motoristas de caminhão, empregadas domésticas, estudantes. Homem, mulher, velho, criança, pobres, ricos. Todos, sem faltar nenhuma raça, você quer?

Ele não disse nada.

– Para possuir todos, você foi o escolhido – o menino disse. E curvando-se mais: – Pense bem, Fernando. Vou perguntar pela última vez. Tudo isso, você quer?

Ele voltou a cabeça até mergulhar os olhos no verde sem limites dos olhos do outro. E aceitou:

– Quero.

Então as magras, longas mãos do menino ruivo e manco deslizaram pelo espaço entre os dois para afastar o algodão branco de sua camisa. Tocaram seu peito, desceram muito devagar pelos mamilos endurecidos até a região escondida onde, no sonho, concentrava-se aquele líquido morno, aquele caldo espesso. Não havia ninguém por perto. Em volta deles as pedras altas bloqueavam a visão de quem estava na praia. E dos barcos ao longe os pescadores veriam apenas duas manchas claras, confundidas, talvez o reflexo do sol nuns cabelos ruivos. Abriu as pernas. As mãos geladas do outro desceram suas calças para puxá-las pelos pés nus, cobertos de areia, dobrá-las e estendê-las delicadamente sob seu corpo. Como sobre uma almofada, deitou de bruços. E não sentiu nenhuma dor quando aquele menino correu as unhas por suas costas enquanto a voz rouca, estranhamente adulta, jurava em sua nuca:

– Está assinado. Para sempre.

Ele jogou a cabeça para trás. A fria língua pontuda em seu ouvido:

– Você é o escolhido, Fernando.

Dentes agudos picaram seu pescoço.

– Mais fundo – pediu.

– Daqui a trinta anos, meu bem-amado – o menino ruivo gemeu. E num movimento mais brusco explodiu dentro dele, enchendo-o de ouro líquido. Aquele mesmo que, trinta anos mais tarde, sairia por sua boca escolhida para chover sobre as cabeças e corpos de todos aqueles homens e mulheres que o aplaudiriam como a cavaleiro andante, um príncipe, um rei. Um deus coroado pelo lado mais negro de todas as coisas. Molhou as pedras num jato prolongado de prazer – o primeiro.

– Como é seu nome? – perguntou então.

Astaroth, imaginou ouvir. Só imaginou. O menino ruivo tinha desaparecido ao sol do meio-dia em ponto, quase dezembro de uma segunda-feira, dia de Exu, nas pedras escaldantes do Arpoador.

III

KÊN

艮

"Mantendo imóveis as mandíbulas.
As palavras estão em ordem."
(I CHING, *O Livro das Mutações*)

Venha comigo para o reino das ondinas

Para
Luciano Alabarse

É um conto de 1976. Deveria ter sido incluído em Pedras de Calcutá, *e só não foi talvez porque quebrava o clima urbano pretendido. Por isso mesmo também não entrou nos livros seguintes. Houve pouca coisa a revisar porque o principal – a atmosfera – já estava lá.*

Ele veio vindo pela beira do mar, as luzes da cidade longe às suas costas. Às vezes escorregava tentando segurar-se em alguma coisa, mas na praia deserta não havia mais nada para segurar-se além das ondas que fugiam sempre. A areia molhada umedecia as calças pretas do smoking, salpicava as fraldas soltas da camisa, respingava o cravo vermelho pendendo da lapela.

Viu-a de longe, e parecia linda com os cabelos longos soltos naquela brisa com cheiro de mulher, algas e sal.

– Betinha – chamou, tropeçando outra vez nos sapatos de verniz.

Ela continuou a correr pela praia como se não

ouvisse, como se não o visse. Descalça, braços erguidos acima da cabeça, saltava alto, redondo, depois deixava-se cair como num desmaio, e, quando o coração dele começava a bater mais forte pensando em ajudá-la, tornava a levantar-se leve feito essas pandorgas que os meninos empinam pelas tardes e mantinha-se no ar por alguns segundos, projetada para a frente. Folha, pluma branca, ave.

– Betinha – ele chamou de novo, mais perto. Então ela olhou e sorriu. Não era Betinha.

– Olá – a voz dela era tão clara que o fez pensar que a maioria das pessoas não devia falar à beira-mar. A voz humana sempre parecia tosca demais entre o rumor das ondas, mas a dela, a voz da moça descalça, de branco, era sonora e limpa e de certa forma verde como as próprias ondas. Fundia-se com elas, e como elas também parecia crescer aos poucos, explodir num tom mais alto, depois fugir outra vez.

– Está procurando alguém?

– Betinha – repetiu. – Onde está Betinha?

Ela riu alto sem responder. Estendeu o braço para tocá-la, mas aconteceu alguma coisa no momento em que seus dedos alongaram-se em direção ao vestido branco transparente. Ele estava bêbado, estava sem óculos e muito bêbado, portanto não saberia dizer se aquilo chegara mesmo a acontecer. A impressão – a impressão era de que seus dedos tinham atravessado o corpo dela. Não só o tecido leve do vestido, mas o próprio corpo de carne, como se atravessa uma névoa sem ver a névoa quando se está dentro dela.

– Você viu a lua? – ela perguntou.

Só então ele olhou para cima, para a lua cheia no céu de dezembro. Ficou olhando quase esquecido dela, entendendo devagar por que fosforesciam a areia, a crista das ondas, o vestido, a pele, os cabelos da moça. Tornou a olhá-la, ela já não estava onde pensou que estaria.

Continuava a dançar mais longe dele, como se cumprisse algum ritual profano para o mar e a lua. Deve estar drogada, pensou, chegando bem perto. Nos olhos dela as pupilas eram remotas ilhas no horizonte e alguma coisa, alguma coisa ele não entendia.

– Quer um gole? – perguntou tirando a pequena garrafa do bolso interno do paletó. Ela sacudiu a cabeça e ele bebeu sozinho, o líquido escorreu pelo queixo, pelo peito rendado da camisa até gotejar na areia formando poças miúdas que começaram também a fosforescer. Só depois de enxugar a boca nas costas das mãos estendeu a garrafa para ela. Com suas mãos claras de unhas curtas sem pintura, a moça apanhou-a e jogou-a ao mar.

– Veja, ela voa – ela gritou enquanto a garrafa brilhava no ar. E quando caiu nas ondas, riu mais alto, começando a correr.

Começou a persegui-la pela praia, mas estava tão completamente bêbado e ainda, como se não bastasse, sem óculos, e sempre acontecia outra vez aquela sensação de névoa, o corpo dela como que atravessando seus dedos para depois projetar-se mais longe no espaço. Ele caiu muitas vezes, placas de areia grudavam na roupa, e quando um fio de saliva escorregou do canto da boca, lembrou-se de repente de um desenho em algum livro de mitologia, o sátiro perseguindo uma ninfa. Só não tinha flauta, nem pés de bode, verificou, tirando as meias, depois os sapatos, o paletó, camisa e gravata. Molhado de suor, puxou as calças até os joelhos e ficou jogado de costas na areia enquanto ela dançava sem parar à sua volta.

– Você consegue vê-las? – ela apontou o mar.

– Hein – ele disse, sem acompanhar o gesto.

Ela repetiu, olhando fixo para onde as ondas quebravam, mas já não parecia uma pergunta:

– Você consegue vê-las.

– As ondas? – ele esticou o pescoço, apoiando-se no topo da cabeça para olhar o mar lá atrás, e ficou ainda mais tonto.

Foi assim, oblíqua, que a viu aproximar-se das ondas, curvando-se para tocar na superfície das águas. Estranho, pensou, estranho como ele a via de longe, desse ângulo – as ondas cercavam-na sem molhar seus pés, circundavam os tornozelos como guirlandas até explodirem em espuma no ar em torno do corpo, feito uma aura de gotas. Ela colheu essa espuma ainda mais brilhante nas palmas das mãos e estendeu-as abertas para ele. Parecia uma oferenda.

– Não, não as ondas. As ondas todo mundo vê. Essas moças todas, vestidas de espuma branca. São tantas, você não vê? Aproveite agora, as ondinas só aparecem no apogeu da lua cheia. Você não consegue mesmo vê-las?

– Eu não consigo – ele disse. Via apenas o balanço das ondas, para baixo, como se estivesse no convés de um navio, para cima, muitas vezes, para baixo, sem parar, para cima. Deixou a cabeça tombar para a frente: – Acho que vou vomitar.

Ela ajoelhou-se ao lado dele, as mãos de dedos abertos em torno da sua cabeça tonta, sem tocá-la. Tão rápida, pensou, lá no meio das ondas e de repente aqui ao meu lado outra vez.

– Você não devia beber tanto – os dedos frescos dela passavam a um milímetro da testa suada. Nesse milímetro entre a pele dele e a dela estava o frescor, feito um sopro. – Desse jeito você nunca conseguirá vê-las.

Ela uniu os indicadores e os polegares em triângulo, apontando o vértice para o centro exato da testa dele, naquele ponto justo, centro da cruz entre o horizontal das duas têmporas e o vertical dos pêlos unidos das sobrancelhas no alto do nariz até o início dos cabelos.

Então uma coisa amarga contraiu-se no estômago dele, depois derramou-se morna sobre as calças, as pernas, a areia. Antes, antes de novo, pareceram atravessar o vestido dela sem sequer respingá-lo.

– O seu vestido – começou a dizer.

– Não tem importância – ela puxou o vestido para cima, despiu-o, rodou-o no ar e jogou-o nas águas. Olhou-a mais uma vez, e ela não usava mesmo nada por baixo, inteiramente nua, inteiramente branca, sem marca alguma no corpo liso, seios de adolescente.

– Você nunca toma sol? – perguntou.

– Eu sou filha da lua – a moça disse.

Ele não ouviu. Cabeça baixa, vomitava concentrado sobre os próprios pés. Depois deitou-se na areia e olhou para a lua cheia ao lado da estrela brilhante, Vênus talvez, ficou pensando enquanto ela desabotoava suas calças, puxava-a pelos pés melados depois amontoava rindo numa trouxa com as cuecas roxas, o paletó, sapatos, camisa, meias, e jogava tudo no mar. Ele também ficou inteiramente nu, mas só a pele branca em torno do sexo fosforescia à luz da lua, o resto era tão moreno de sol que quase não via a si mesmo assim, fundido ao escuro.

– Quem é você? – perguntou.

Ela ergueu-se num único impulso e caminhou novamente para o mar. Os anúncios luminosos da cidade longe refletiam-se nos seios, as ondas cavalgavam o ventre raso para explodirem primeiro no sexo liso de pêlos, depois nos bicos dos seios à medida que entrava mar adentro.

– Quem é você? – tornou a perguntar, tentando levantar-se.

– Venha – ela gritou do meio das ondas, as águas cobriam metade do corpo. – Venha logo, venha comigo para o reino das ondinas.

Ele tentou e tornou outra vez a tentar levantar-se enquanto via o mar arrastar suas roupas cada vez mais para longe. Preciso pegá-las, pensou, as chaves do carro, a carteira, e com grande esforço conseguiu parar em pé. Entrou na água, as ondas envolveram os tornozelos, lamberam as coxas. Curvou-se, molhou as pontas dos dedos, passou-as na altura do coração, como a mãe ensinara naquela remota primeira vez em que viu o mar. Quando a água chegou ao pescoço, mergulhou de repente para encontrá-la no fundo, as pupilas guardando pérolas negras, navios submersos, grutas de coral. Ao emergir, a cabeça dele estava lúcida como se tivesse bebido apenas daquela água salgada que cuspia em volta.

– Olha – ela brotou do meio das águas apontando o céu. Dezenas de estrelas cadentes cruzavam-se em todas as direções sobre suas cabeças.

Numa vertigem, ele baixou os olhos, e foi quando pela primeira vez deu-se conta que eram um homem e uma mulher inteiramente nus naquela praia deserta. Plena madrugada, quase verão. Avançou, os dois braços estendidos e a voz tosca de quem não sabe estar junto ao mar, percebia. Mesmo assim, insistiu:

– Como é mesmo o seu nome, gatinha?

– Ondina – ela disse. Ou qualquer coisa assim, ele jamais teria certeza. Suspirou fundo, parecia triste, e acrescentou antes de desaparecer: – Que pena, você não está preparado.

Os ouvidos dele estavam cheios d'água, as ondas explodiam barulhentas. Tornou a mergulhar procurando, mas não havia nada nas águas frias. Ao voltar à tona olhou para cima e já não havia também estrelas cadentes, nem sequer estrelas no baço céu de lua álgida. Só o cinza das águas, o visgo de formas vivas enleadas em suas pernas. Nada mais fosforescia.

Saiu tremendo do mar, jogou-se de bruços na areia e outra vez olhou para o céu. A nuvem negra cobria a lua cheia. Na praia deserta ele estava nu e bêbado, o estômago voltou a contrair-se, alguém gritou ao longe, no lado das luzes da cidade, parecia seu nome, Betinha, lembrou, procurando as roupas, a carteira, as chaves, encontrou apenas um sapato de verniz preto todo enlameado e um cravo vermelho murcho. Foi-se dobrando sobre os joelhos lembrando daquela primeira vez, a mãe, o mar, tanto tempo, Vênus talvez, bem perto da lua cheia, tinha frio, o sapato numa das mãos, restos do cravo na outra, a vontade de vomitar que voltava. Que porre infernal, ele gemeu arquejando sobre a areia opaca, nunca vão acreditar.

– Ondina – pediu para ninguém, sozinho na praia, nu no meio da noite. – Ondina, por favor, me ajuda.

Anotações sobre um amor urbano

Em memória de
Paulo Yutaka

Entre 1977, quando foi escrito, e 1987, este texto passou por várias versões. Três delas chegaram a ser publicadas (na extinta revista mineira Inéditos*; no caderno Cultura, de* Zero Hora, *e no suplemento literário de* A Tribuna da Imprensa*). Alguns trechos também foram utilizados por Luciano Alabarse num espetáculo teatral. Mas nunca consegui senti-lo "pronto", e por isso mesmo também nunca o incluí em livro. Continuo tendo a mesma sensação. Mas talvez o jeito meio sem jeito destes pedaços mais parecidos com fragmentos de cartas ou diário íntimo afinal seja a sua própria forma informe e inacabada.*

Te amo como as begônias tarântulas amam seus congêneres; como as serpentes se amam enroscadas lentas algumas muito verdes outras escuras, a cruz na testa lerdas prenhes, dessa agudez que me rodeia, te amo ainda que isso te fulmine ou que um soco na minha cara me faça menos osso e mais verdade.
(Hilda Hilst: *Lucas, Naim*)

Desculpa, digo, mas se eu não tocar você agora vou perder toda a naturalidade, não conseguirei dizer mais nada, não tenho culpa, estou apenas sentindo sem controle, não me entenda mal, não me entenda bem, é só esta vontade quase simples de estender o braço para tocar você, faz tempo demais que estamos aqui parados conversando nesta janela, já dissemos tudo que pode ser dito entre duas pessoas que estão tentando se conhecer, tenho a sensação impressão ilusão de que nos compreendemos, agora só preciso estender o braço e, com a ponta dos meus dedos, tocar você, natural que seja assim: o toque, depois da compreensão que conseguimos, e agora.

Não diz nada, você não diz nada. Apenas olha para mim, sorri. Quanto tempo dura? Faz pouco despencou uma estrela e fizemos, ao mesmo tempo e em silêncio, um pedido, dois pedidos. Pedi para saber tocá-lo. Você não me conta seus desejos. Sorri com os olhos, com a mesma boca que mais tarde, um dia, depois daqui, poderá me dizer: não. Há uma espécie de heroísmo então quando estendo o braço, alongo as mãos, abro os dedos e brota. Toco. Perto da minha a boca se entreabre lenta, úmida, cigarro, chiclete, conhaque, vermelha, os dentes se chocam, leve ruído, as línguas se misturam. Naufrago em tua boca, esqueço, mastigo tua saliva, afundo. Escuridão e umidade, calor rijo do teu corpo contra a minha coxa, calor rijo do meu corpo contra a tua coxa. Amanhã não sei, não sabemos.

Pensei em você. Eram exatamente três da tarde quando pensei em você. Sei porque sacudi a cabeça como se você fosse uma tontura dentro dela e olhei o digital no meio da avenida.

Corre, corre. O número do telefone dissolvendo-se em tinta na palma da mão suada. Ah, no fim destes dias crispados de início de primavera, entre os engarrafamentos de trânsito, as pessoas enlouquecidas e a paranóia à solta pela cidade, no fim destes dias encontrar você que me sorri, que me abre os braços, que me abençoa e passa a mão na minha cara marcada, no que resta de cabelos na minha cabeça confusa, que me olha no olho e me permite mergulhar no fundo quente da curva do teu ombro. Mergulho no cheiro que não defino, você me embala dentro dos seus braços, você cobre com a boca meus ouvidos entupidos de buzinas, versos interrompidos, escapamentos abertos, tilintar de telefones, máquinas de escrever, ruídos eletrônicos, britadeiras de concreto, e você me beija e você me aperta e você me leva para Creta, Mikonos, Rodes, Patmos, Delos, e você me aquieta repetindo que está tudo bem, tudo, tudo bem. O telefone toca três vezes. Isto é uma gravação deixe seu nome e telefone depois do bip que eu ligo assim que puder, OK?

O cheiro do teu corpo persiste no meu durante dias. Não tomo banho. Guardo, preservo, cheiro o cheiro do teu cheiro grudado no meu. E basta fechar os olhos para naufragar outra vez e cada vez mais fundo na tua boca. Abismos marinhos, sargaços. Minhas mãos escorrem pelo teu peito. Gramados batidos de sol, poços claros. Alguma coisa então pára, todas as coisas param. Os automóveis nas ruas, os relógios nas paredes, as pessoas nas casas, as estrelas que não conseguimos ver aqui do fundo da cidade escura. Olho no poço do teu olho escuro, meia-noite em ponto. Quero fazer um feitiço para que nada mais volte a andar. Quero ficar assim, no parado. Sei com medo que o que trouxe você aqui foi esse meu jeito de ir vivendo como quem pula poças de lama, sem cair nelas, mas sei que agora esse jeito se despedaça. Torre fulminada, o inabalável vacila quando começa a brotar de mim isso que não está completo sem o outro. Você assopra na minha testa. Sou só poeira, me espalho em grãos invisíveis pelos quatro cantos do quarto. Fico noite, fico dia. Fico farpa, sede, garra, prego. Fico tosco e você se assusta com minha boca faminta voraz desdentada de moleque mendigo pedindo esmola neste cruzamento onde viemos dar.

A cidade está louca, você sabe. A cidade está doente, você sabe. A cidade está podre, você sabe. Como posso gostar limpo de você no meio desse doente podre louco? Urbanóides cortam sempre meu caminho à procura de cigarros, fósforos, sexo, dinheiro, palavras e necessidades obscuras que não chego a decifrar em seus olhos semafóricos. Tenho pressa, não podemos perder tempo. Como chamar agora a essa meia dúzia de toques aterrorizados pela possibilidade da peste? (Amor, amor certamente não.) Como evitaremos que nosso encontro se decomponha, corrompa e apodreça junto com o louco, o doente, o podre? Não evitaremos. Pois a cidade está podre, você sabe. Mas a cidade está louca, você sabe. Sim, a cidade está doente, você sabe. E o vírus caminha em nossas veias, companheiro.

Fala fala fala. Estou muito cansado. Já não identifico nenhuma palavra no que diz. Apenas me deixo embalar pelo ritmo de sua voz, dentro dessa melodia monótona angustiada perplexa repetitiva. Quase três da manhã. Não temos aonde ir, nunca tivemos aonde ir. Um nojo, vezenquando me dá um asco – nojo é culpa, nojo é moral – você se sente sórdido, baby? – eu tenho medo, não quero correr riscos – mas agora só existe um jeito e esse jeito é correr o risco – não é mais possível – vamos parar por aqui – quero acordar cedo, fazer cooper no parque, parar de beber, parar de fumar, parar de sentir – estou muito cansado – não faz assim, não diz assim – é muito pouco – não vai dar certo – anormal, eu tenho medo – medo é culpa, medo é moral – não vê que é isso que eles querem que você sinta? medo, culpa, vergonha – eu aceito, eu me contento com pouco – eu não aceito nada nem me contento com pouco – eu quero muito, eu quero mais, eu quero tudo.

Eu quero o risco, não digo. Nem que seja a morte.

Cachorro sem dono, contaminação. Sagüi no ombro, sarna. Até quando esses remendos inventados resistirão à peste que se infiltra pelos rombos do nosso encontro? Como se lutássemos – só nós dois, sós os dois, sóis os dois – contra dois mil anos amontoados de mentiras e misérias, assassinatos e proibições. Dois mil anos de lama, meu amigo. Esse lixo atapetando as ruas que suportam nossos passos que nunca tiveram aonde ir.

Chega em mim sem medo, toca no meu ombro, olha nos meus olhos, como nas canções do rádio. Depois me diz: – "Vamos embora para um lugar limpo. Deixe tudo como está. Feche as portas, não pague as contas nem conte a ninguém. Nada mais importa. Agora você me tem, agora eu tenho você. Nada mais importa. O resto? Ah, o resto são os restos. E não importam". Mas seus livros, seus discos, quero perguntar, seus versos de rima rica? Mas meus livros, meus discos, meus versos de rima pobre? Não importa, não importa. Largue tudo. Venha comigo para qualquer outro lugar. Triunfo, Tenerife, Paramaribo, Yokohama. Agora, já. Peço e peço e não digo nada mas peço e peço diga, diga já, diga agora, diga assim. Você não diz nada. Você não me vê por trás do meu olho que vê. Você não me escuta por trás da minha boca que pede sem dizer, e eu bem sei. Você planeja partir para um país distante, sem mim, de onde muitos anos depois receberei a carta de um desconhecido com nome impronunciável anunciando a sua morte. Foi em abril, dirá, abril ou maio. Ou setembro, outubro. Os mais cruéis dos meses. Tanto faz, já não importará depois de tanto tempo, numa cidade remota.

Pelas escadarias da avenida deserta, lata de coca-cola largada na porta da igreja, aqui parece que o tempo não passou, quero te mostrar um vitral, esta sacada, aquele balcão como os de Lorca, entremeado de rosas, quero dividir meu olhar, desaprendi de ver sozinho e agora que tudo perdeu a magia, se magia houve, e havia, e não consigo mais ver nenhum anjo em você, pastor, mago, cigano, herói intergaláctico, argonauta, replicante, e agora que vejo apenas um rapaz dentro do qual a morte caminha inexorável, só não sabemos quando o golpe final, mas virá, cabelos tão negros, rosto quase quadrado, quase largo, quase pálido, onde já começou a devastação, olhos perdidos, boca de naufrágio vermelho pesado sobre o escuro da barba malfeita, olho tudo isso que vejo e não tem outra magia além dessa, a de ser real, e vou dizendo lento, como quem tem medo de quebrar a rija perfeição das coisas, e vou dizendo leve, então, no teu ouvido duro, na tua alma fria, e vou dizendo louco, e vou dizendo longo sem pausa – gosto muito de você gosto muito de você gosto muito de você.

Tantas mortes, não existem mais dedos nas mãos e nos pés para contar os que se foram. Viver agora, tarefa dura. De cada dia arrancar das coisas, com as unhas, uma modesta alegria; em cada noite descobrir um motivo razoável para acordar amanhã. Mas o poço não tem fundo, persiste sempre por trás, as cobras no fundo enleadas nas lanças. Por favor, não me empurre de volta ao sem volta de mim, há muito tempo estava acostumado a apenas consumir pessoas como se consome cigarros, a gente fuma, esmaga a ponta no cinzeiro, depois vira na privada, puxa a descarga, pronto, acabou. Desculpe, mas foi só mais um engano? e quantos mais ainda restam na palma da minha mão? Ah, me socorre que hoje não quero fechar a porta com esta fome na boca, beber um copo de leite, molhar plantas, jogar fora jornais, tirar o pó de livros, arrumar discos, olhar paredes, ligar-desligar a tevê, ouvir Mozart para não gritar e procurar teu cheiro outra vez no mais escondido do meu corpo, acender velas, saliva tua de ontem guardada na minha boca, trocar lençóis, fazer a cama, procurar a mancha da esperma tua nos lençóis usados, agora está feito e foda-se, nada vale a pena, puxar as cobertas, cobrir a cabeça, tudo vale a pena se a alma, você sabe, mas alma existe mesmo? e quem garante? e quem se importa? apagar a luz e mergulhar de olhos fechados no quente fundo da curva do teu ombro, tanto frio, naufragar outra vez em tua boca, reinventar no escuro teu corpo moço de homem apertado contra meu corpo de homem moço também, apalpar as virilhas, o pescoço, sem entender, sem conseguir chorar, abandonado, apavorado, mastigando maldições, dúbios indícios, sinistros augúrios, e amanhã não desisto: te procuro em outro corpo, juro que um dia eu encontro.

Não temos culpa, tentei. Tentamos.

A hora do aço

Este é literalmente um sonho que tive. Não conseguia tirá-lo da cabeça, então contei para meu psicanalista que disse: "Escreva". Escrevi, absolutamente fiel ao sonho, o que não o tornou menos misterioso. Até hoje me causa certo mal-estar. O original é de 1986.

Eram dois, depois três, depois um, depois nenhum.

Mas isso eu só saberia um pouco mais tarde. Pouco depois de captar o brilho das facas na noite escura. E pouco antes ainda, feito estrelas cadentes, apenas o brilho do aço rasgando a noite, sem saber que eram facas. Antes do frio, antes do corte. Vejo tudo tão de longe agora, como de cima, como do alto, que não conseguiria mais dizer ao certo o que veio antes ou depois, e sei que deve ser inteiramente inútil esta preocupação.

Mas é assim que eu sou.

Ou era assim que eu era, antes do aço, enquanto dobrava a esquina daquele beco para encontrar os dois homens metidos na luta de facas dentro da noite morna. Eu vinha descalço, já não lembro de onde, os dois homens tinham os peitos nus cobertos de suor. Eu podia sentir o cheiro de suor deles como um vapor no meio da noite espessa, adocicado pela mistura dos cheiros nas latas de lixo pelo beco com as damas-da-noite atrás de algum muro próximo, como um vapor espesso dentro da noite morna que eu furava com meu corpo vindo nem sabia mais de onde, navio na névoa.

De cima, de longe, do alto: tudo nublado.

Mas naquele segundo em que dobrei a esquina do beco, tonto pelos cheiros e ofuscado pelo brilho, mesmo antes de compreender o que via, devo ter gritado para que parassem. Embora não os conhecesse, e sabia disso sem precisar ver suas caras cheias de ódio brilhando tanto quanto as facas no escuro. E embora não os conhecesse mesmo, eram ao mesmo tempo familiares e obscuros como passageiros de um ônibus superlotado nos quais você não chegou a prestar atenção, embora tenha convivido horas com eles, aqueles dois homens de peitos nus cheirando a suor e lixo e flor naquela luta de facas dentro da noite.

De dentro, de perto – ali, tudo nítido.

Sem saber nada de mim nem deles, sabia claro feito o clarão das facas que não queria que se matassem. Porque de alguma forma informe, sem saber nada de mim nem de onde vinha, sabia fundo que a noite morna de espessos vapores anunciava o final de um outro tempo gelado. E aquele sim, teria sido de morte e ódio – não este, navio na névoa, que informemente se desenhava, tentando definir-se através do cheiro misturado das flores com o suor e o lixo para chegar ao novo porto. Ou seria o contrário, e eu mal adivinhava? Nem poderia, por enquanto ali dentro e assim tão perto daquela luta de facas e de noite.

Decidido então, cheguei mais perto.

À beira do sangue, os dois homens dançavam. E não interromperam sua dança quando, para adiar o sangue e impedir a morte, fui entrando devagar no meio deles em busca do mesmo ritmo. Sobre nossas cabeças o aço das facas erguidas refletia a luz do néon das ruas além do beco. Éramos três homens agora, dois armados de peito nu e esse outro que era ainda eu desarmado, descalço entre eles. Movíamos pernas e braços numa capoeira tão veloz que antes de encontrar o ritmo da dança e antes que o cheiro de meu próprio suor se misturasse ao deles, antes ainda deste estar longe e acima de tudo, bem no centro do ódio dos homens e dos vapores da noite uma das facas cintilou então mais forte e feriu fundo a planta nua de meu pé direito estendido no ar à procura de uma dança improvável.

Não houve dor, eu não gritei na hora do aço.

Enquanto caía percebi o cheiro novo que era do meu próprio sangue misturando-se ao suor deles e aos restos de comida, preservativos usados, roupas velhas, abortos e papéis podres das latas de lixo, mais o das damas-da-noite derramadas sobre algum muro remoto, doce demais, enjoativo demais. Sem náusea nem dor, pois não doía, não doía absolutamente nada, fui caindo furando navio na névoa os vapores da noite morna que agora começava a esfriar dentro e fora de meu quarto, de meu corpo, de meu beco. Vermelho lindo aquele sangue escorrendo grosso do talho aberto em meu pé, mas quem sabe agora então conseguiria decifrar as faces deles, dos dois homens que jogavam longe as facas de néon e estrelas para se curvarem sobre o corpo do que ainda era eu. Seus rostos ficaram muito próximos, mas meus olhos começavam a escurecer. Na neblina tinta de meu sangue sobre os olhos meus também, tossi e cuspi e consegui dizer aos arquejos, mas sem dor nenhuma, que havia sangue solto louco dentro de mim. Depois, sem pedir nada e sem nenhuma revolta, sem nada parecido a um espinho dentro de mim, no meio do sangue aquilo que ainda era eu mesmo sem saber de onde vinha nem para onde ia, disse que estava morrendo.

De dentro, de perto, do fundo.

Um dos homens falou que ia pedir ajuda. Eu tentei detê-lo dizendo que era inútil, tarde demais ou coisa assim, mas ele se afastou correndo e eu pedi ao outro, cujo rosto não via, que por favor segurasse a minha mão até eu morrer. Meu sangue era vermelho e limpo sobre o chão sujo do beco, saindo de mim aos jorros, aos borbotões, às golfadas como em torneira aberta que você tapa com a mão, depois destapa de repente, assim era meu sangue jorrando. E na mão morna como a noite do homem que ficou ao meu lado, os dedos deles cruzaram-se aos meus num gesto que parecia amor antigo.

Não, não: em nenhum momento, nenhuma dor.

Eu ia embora de mim como quem dorme, quando os músculos todos se soltam e os pensamentos se esgarçam esfiapados para mergulharem em outro espaço, outro tempo desconhecido – seria esse quem sabe o tempo novo anunciado claro no ar, que eu tinha lido antes? Não sabia, eu não sabia nunca. Apenas segurava a mão do homem que ficara comigo sem sentir mais nenhum cheiro nem ver mais coisa alguma, cada vez mais longe. Eu ia embora de mim: isso era tudo. Eu ia embora de mim sem saber de onde vinha nem para onde iria, navio em outra névoa de vapor espesso cada vez mais próximos, a névoa e o navio. Sabia só que enquanto partia assim, indo para sempre embora de mim e de tudo, a única coisa que queria sentir – que podia sentir, e que sentia enfim, agora que já não havia cheiros nem formas nem gostos nem ruídos – era o contato morno da mão daquele homem que ficara comigo enquanto eu partia e tornava a partir sem volta e para sempre de mim.

Foi se apagando, certa luz.

Até que meus dedos finalmente mortos e rígidos se desprendessem dos dedos vivos dele, e sem a mão e mais ninguém dentro da minha eu fosse chegando aos poucos mais perto, quase dentro deste outro lado, deste outro espaço, deste outro tempo onde estou agora. E não me reconheço, sem facas nem becos. Já não éramos três, nem dois, homens nem corpos. Eu era um só, depois eu era um eu sem eu.

Eu era nenhum: navio no ar, depois do aço.

Uma história confusa

Uma primeira versão desta história foi publicada em 1974, na Revista ZH, de Zero Hora, *e escrita provavelmente no mesmo ano, em Porto Alegre. Esta versão, a definitiva, foi totalmente reescrita. Creio que ganhou, embora pareça paradoxal, mais ambigüidade e mais clareza.*

Era quinta-feira. Como nas últimas quintas, ele estava muito nervoso e trazia um envelope na mão. Jogou o envelope em cima da mesa, ficou andando pelo quarto.

– Outra carta? – perguntei.

Não respondeu. Só fez um movimento impaciente com os ombros, que podia significar muitas coisas. Mas não disse nada. Eu então abri e li as palavras datilografadas com cuidado:

Te vi por trás das rosas e havia nos teus olhos uma ânsia muda. Algo assim como se quisesses falar comigo. Juro que na saída tentei me aproximar. Mas tive medo. Sei que ainda vamos ser amigos. Não quero forçar nada. Hoje é domingo pouco antes do almoço. A casa está vazia. Eu gostaria de ter escrito logo depois daquela noite. É incrível, mas há duas décadas, nesse mesmo dia da semana, nessa mesma hora, eu estava nascendo.

– É bonito – eu arrisquei. – Um pouco juvenil, talvez. Mas bonito. Afinal, a adolescência é sempre bonita.

– Ele tem vinte anos.

– Ele? Como é que você sabe que é *ele* e não *ela*?

– Eu acho, eu sinto. Uma mulher não escreveria essas coisas. Não sei, o jeito de escrever, alguma coisa.

– Pode ser – eu disse.

– E tinha uma outra carta, acho que não mostrei a você. Ele dizia que estava cansado, isso mesmo, *cansado* e não *cansada.*

– Não lembro – menti. – E ele pode estar mentindo. Essa data, por exemplo, essa data pode ser inventada.

Ele evitou meus olhos ao contar:

– Fui consultar um astrólogo. Ele nasceu a 22 de setembro de 1954. Entre mais ou menos dez e meio-dia. É de Virgem, o astrólogo disse, do último dia de Virgem. Pelos cálculos, o ascendente deve ser Escorpião.

– Ascendente?

– É o signo que. – Ele levantou os olhos, irritado. – Escuta, você não vai querer agora que eu te dê uma aula de astrologia, vai?

– Não, não. Só queria saber o que quer dizer isso.

– Quer dizer que ele deve ser inteligente. Muito inteligente. E secreto, misterioso, intenso. Só pelas cartas qualquer um percebe que ele tem certa... certa *estrutura.* As cartas são bem escritas, a gramática é sempre correta.

– É verdade – eu disse. – Corretíssima.

Ele sentou na beira da cama. E afundou no travesseiro:

– Não agüento mais. Isso tem quase dois meses. Preciso saber quem é essa pessoa.

Sentado aos pés da cama, eu não sabia o que dizer.

– Ele sabe tudo sobre mim, os meus horários, tudo. Às vezes fala de pessoas que conheço, de lugares onde vou. Deve estar sempre por perto, deve conhecer muita gente que eu conheço.

– Você está muito agitado.

– Claro. Como é que você queria que eu estivesse? Cada vez que recebo uma carta dessas fico assim. Me dá uma sensação estranha, saio na rua com a impressão que estou sendo observado. Alguém que eu não sei quem é acompanha todos os meus passos.

– Com amor – eu disse.

Ele acendeu um cigarro e ficou seguindo a fumaça até o teto:

– Amor? Não sei. É meio paranóico. Parece uma coisa para enlouquecer a gente devagar.

– Ou para fazer que você se interesse por ele.

Levantou-se de repente e debruçou-se na mesa. De costas, eu só podia ver seus ombros curvos e as duas mãos abertas segurando a cabeça desgrenhada.

– Fico imaginando as histórias mais incríveis. Às vezes acho que é alguém querendo divertir-se comigo.

– Não. – E eu disse pela segunda vez: – Isso é amor.

– Será? Tem coisas, tem coisas que ele escreve que parecem. Não sei, parecem verdade, entende? Ele me toca, mexe comigo. Talvez eu esteja assim todo *lisonjeado* porque alguém parece prestar tanta atenção em mim.

– Isso é amor – eu repeti pela terceira vez.

Ele caminhou até a janela. Percebi que olhava as folhas das palmeiras no meio da rua, remexidas pelo vento norte.

– As vezes tenho vontade de bancar o detetive. Mas as pistas são muito tênues. Selos comuns, envelope comum, cada dia um carimbo de uma agência diferente. E esse tipo de máquina é o mais comum que existe.

– Lettera 22.

Ele jogou a ponta do cigarro pela janela, voltou-se de repente e me olhou nos olhos:

– Como é que você sabe?

– Bom, qualquer um que lida com máquina de escrever reconhece logo. É inconfundível – eu afirmei. E mudei de assunto: – Mas não deixa de ser bonito.

– Bonito e infernal.

– E antigo.

– Cartas anônimas. Parece coisa de romance do século passado. Romance epistolar. Platônico. – Suspirou fundo. – Mas eu preciso saber logo quem é esse rapaz. Nunca ninguém se interessou tanto por mim.

Tornou a sentar na mesa, acendeu outro cigarro. Estendi o cinzeiro para ele:

– Você sempre fuma demais nas quintas-feiras.

Ele riu:

– Agora nas quartas também. Fico pensando se no dia seguinte vai chegar outra carta. – Tragou fundo, olhos fechados. E acrescentou, soltando a fumaça: – Também tenho escrito para ele.

– O quê?

– Tenho escrito para ele, escondido.

– Você não contou nada para Martha?

– Está louco? Você sabe como ela é ciumenta, contei só para você. Eu tenho que me esconder para escrever. Trancado no escritório, fico pensando que deve haver uma espécie assim de *espírito* do que eu estou escrevendo que sai pela janela, eu deixo sempre a janela aberta quando escrevo para ele, depois voa sobre os telhados e atravessa as ruas da cidade e as paredes para chegar até onde ele está, percebe?

– E o que você faz com as cartas que escreve?

– Guardo. A sete chaves. Um dia talvez possa entregá-las pessoalmente.

Eu também acendi um cigarro:

– E... o que você diz nessas cartas?

– Eu peço socorro. Eu digo que o meu casamento é um horror, já três anos desse horror que não acaba. Sabe que agora a Martha deu pra me chamar de *fofo*? Tem coisa mais odiosa? No domingo me pede uma parte do jornal e fica dizendo *"olha só, fofo, precisamos aproveitar essa liquidação aqui, fofo, vai só até o dia 15, fofo"*.

– Mas a Martha era uma mulher tão... *especial*.

– Antes de casar. Depois que casa, toda mulher vira débil mental. Bem fez você que não entrou nessa.

Eu apaguei o cigarro:

– E o que mais você diz nessas cartas?

Ele curvou-se outra vez sobre a mesa, uma das mãos apoiava a cabeça, a outra passava lenta no tampo de madeira. Como uma carícia:

– Digo que às vezes eu tenho vontade de ter outra vez um amigo como aqueles que a gente tinha na adolescência. Aqueles pra quem você contava tudo, absolutamente tudo. E que no fim você nem sabe mais se é amigo ou irmão.

– Ou amante.

– Ou amante – ele repetiu. Depois jogou-se outra vez na cama, tirou uma folha amassada do bolso e leu: – Eu digo que estou disposto a qualquer coisa, eu digo assim: *"Chegue bem perto de mim. Me olhe, me toque, me diga qualquer coisa. Ou não diga nada, mas chegue mais perto. Não seja idiota, não deixe isso se perder, virar poeira, virar nada. Daqui há pouco você vai crescer e achar tudo isso ridículo. Antes que tudo se perca, enquanto ainda posso dizer sim, por favor chegue mais perto"*.

Dobrou a folha e tornou a enfiá-la no bolso, ainda mais amassada.

Ficamos nos olhando. Eu não sabia o que dizer. Ele afundou novamente na cama, virou-se para a parede. Fiquei ouvindo:

– Falo para você um pouco como se fosse para ele. Se você pudesse me ajudar, se ele pudesse me ajudar. É tão complicado. Saio na rua e fico olhando todos os meninos de vinte anos, como se cada um pudesse ser ele. Ando sentindo umas coisas que não entendo direito. Não gosto de não entender o que sinto. Não gosto de lidar com o que não conheço. Eu nunca vivi nada assim.

Um vento mais forte abriu a janela, fazendo voar as cinzas do cinzeiro sobre a mesa. Ele parecia menor, encolhido sobre a cama. Eu continuei ouvindo:

– Já tenho trinta e quatro anos, não posso sentir as coisas como se tivesse quinze. Você sabe, nós temos quase a mesma idade. Quanto você tem agora?

– Trinta e três – eu disse.

– Pois é, você sabe bem. A gente não tem mais idade pra ficar com esses delírios.

– Você acha que não? – eu perguntei. Mas ele continuou a falar sem ouvir.

– É tão estranho de repente saber que tem alguém pensando em mim o tempo todo. Alguém que eu não conheço. E que tem vinte anos. Fico pensando umas coisas loucas, não consigo parar.

– Que coisas – eu perguntei em voz baixa –, que coisas você pensa?

Ele passou a mão pela parede branca:

– Deitar do lado dele. Sem roupa. Abraçá-lo com força. Beijá-lo. Na boca. – Crispou a mão na parede e puxou-a para junto do corpo, para o meio das pernas. – Deve ser o vento norte, esse excesso de luz, a primavera chegando, a lua quase cheia. Não sei, desculpe. Eu estou muito confuso.

Ficou calado de repente. Olhava pela janela como se estivesse vendo algo, além das palmeiras, que eu não conseguia ver. Eu continuava sem saber o que dizer. Cheguei a chegar mais perto para estender a mão e tocar nos seus cabelos desgrenhados. E se ele não tivesse só vinte anos, esse rapaz, pensei em perguntar, você continuaria a gostar dele? Mas achei melhor não dizer nada. Parei minha mão no ar, depois puxei-a de volta para pegar outro cigarro. Mas continuei perto dele. Mais perto, bem perto. Era outra quinta-feira, esta de setembro, e desde o início de agosto nós andávamos os dois muito confusos.

Sob o céu de Saigon

Para
Regina Valladares

Esta é talvez a história mais paulistana que escrevi, em 1989. Trata-se mais talvez de um exercício de enfoque, com um narrador imaginário no alto do Conjunto Nacional, onde se cruzam a rua Augusta e a avenida Paulista. Foi publicada no extinto jornal O Continente.

Ele era um desses rapazes que, aos sábados, com a barba por fazer, sobem ou descem a rua Augusta. Aos sábados quase sempre à tarde, pois pelos óculos muito escuros e o rosto um tanto amassado por baixo da barba crescida, quem olhasse para um deles mais detidamente, mas poucos o fazem, perceberia que dormiu mal ou demais, bebeu na noite anterior, acabou de chorar ou qualquer coisa assim. Costumam usar jeans desbotados, esses rapazes, tênis gastos, camisetas e, quando mais frio, alguma jaqueta ou suéter geralmente puídos nos cotovelos. Quase sempre levam as mãos nos bolsos, o que torna impossível a qualquer um que passa ver melhor suas unhas roídas, seus dedos indicador e médio da mão direita, ou da esquerda, se forem canhotos, amarelados pelo excesso de fumo. Eles olham para baixo, não como se tivessem medo de tropeçar nos solavancos freqüentes das calçadas da Augusta, pois raramente usam sapatos, e as solas de borracha dos tênis amoldam-se com certa suavidade às irregularidades do cimento; olham para baixo, e isso seria visível se se pudesse localizar o brilho nos seus olhos de pupilas um tanto dilatadas por trás das lentes escuríssimas dos óculos, como se procurassem tesouros perdidos, bilhetes secretos, alguma jóia ou objeto que, mais que valor, guardasse também uma história imaginária ou real, que importa? Mas às vezes olham também para cima, e quando o céu está claro, o que é raro na cidade, pode-se imaginar que suas peles brancas procuram desesperadas e quase automaticamente pela luz do sol. E quando o céu está escuro, o que é bem mais comum, sobretudo nesses sábados em que rapazes assim costumam subir ou descer a rua Augusta, pode-se imaginar que procurem balões juninos, objetos voadores não-identificados, pára-quedistas, helicópteros camuflados, zepelins ou qualquer outra dessas coisas pouco prováveis de serem encontradas sobrevoando ruas como a Augusta num sábado à tarde. Ou horizontes, talvez busquem horizontes entre o emaranhado de edifícios refletidos nas lentes negras dos óculos que escondem o brilho ou a intenção do fundo dos olhos no momento em que um desses rapazes pára na esquina, como se tanto fizesse dobrar à esquerda ou à direita, seguir em frente ou voltar atrás. Por serem como são, seguem sempre em frente, subindo ou descendo a rua Augusta. E por serem tão iguais, quem prestar atenção em algum deles, mas poucas vezes ou nunca alguém o faz, jamais saberá se se trata de muitos ou apenas um. Um único rapaz: este, com a barba por fazer e mãos enfiadas no fundo dos bolsos, que agora, logo depois de cruzar o topo da avenida Paulista, começa a descer a rua Augusta em direção aos Jardins no sábado à tarde.

❖

Ela era uma dessas moças que, aos sábados, com uma bolsa pendurada no ombro, sobem ou descem a rua Augusta. Aos sábados quase sempre à tarde, pois pelos óculos muito escuros e o rosto um tanto amassado que a ausência total de maquiagem nem pensou em disfarçar, quem olhar para uma delas mais detidamente, e alguns até o fazem, pedindo telefone ou dizendo gracinhas sem graça, às vezes grossas, porque elas caminham devagar, olhando as coisas, não as pessoas, mas quem olhar com atenção perceberá que dormiu mal ou demais, bebeu na noite anterior, acabou de chorar ou qualquer coisa assim, sem muita importância. Costumam, elas também, usar jeans desbotados, sapatos de salto baixo, às vezes tênis gastos, camisetas ou alguma blusa de musselina, seda, crepe ou outro tecido assim fino, que um rápido olhar mais arguto perceberia de imediato não se tratar de uma prostituta ou empregada doméstica. Pois têm certa nobreza, essas moças, não se sabe se pela maneira altiva como fingem não ouvir as gracinhas que alguns dizem, se pelo jeito firme de segurar a alça da bolsa com seus dedos de unhas sem pintura, conscientes de que são fêmeas e estão na selva. Num súbito encontrão, que não seria impossível, menos aos sábados, é verdade, do que nas sextas-feiras ao meio-dia ou de tardezinha, se alguém arrebatasse a bolsa a uma dessas moças para depois rasgá-la num terreno baldio, ficaria decepcionado com o dinheiro escasso, o talão de cheques sem saldo, uma agenda de poucos compromissos, tickets de metrô, algum livro de poesia, esoterismo ou psicologia, uma foto de criança, raramente de homem, quem sabe um cartão de crédito vencido e entradas para teatro ou show, já usadas. Essas moças não olham para baixo nem para cima: com passo decidido, olham direto para a frente, como se visualizassem além do horizonte um ponto escondido para esses outros que passam quase sempre sem vê-las, para onde se dirigem com seus jeans gastos, suas bolsas velhas, suas peles de nenhum artifício. Dessa nitidez no passo, dessa atrevida falta de artifícios no rosto é que brota quem sabe aquela impressão de nobreza transmitida tão fortemente quando passam, mesmo aos que não as olham nem mexem com elas. Podem parar para folhear revistas estrangeiras em alguma banca, sem jamais comprar nada, deter-se para conferir os preços estampados nas portas dos restaurantes, olhar maçãs ou morangos, tocar rosas ou antúrios, mas geralmente apenas seguem em frente, subindo ou descendo a rua Augusta. Talvez sejam tantas e, se realmente o são, tão parecidas que, se alguém do alto de uma janela no Conjunto Nacional olhasse para baixo e as visse agora, poderia pensar mesmo que são uma só. Uma única moça: esta, com a bolsa velha pendurada no ombro, que depois de cruzar o topo da avenida Paulista começa a descer a rua Augusta em direção aos Jardins no sábado à tarde.

E porque o mundo, apesar de redondo, tem muitas esquinas, encontram-se esses dois, esses vários, em frente ao mesmo cinema e olham o mesmo cartaz. *Love kills, love kills,* ele repete baixinho, sem perceber a moça a seu lado. *And this is my way,* ela cantarola em pensamento, na versão de Frank Sinatra, não de Sid Vicious, sem perceber o rapaz a seu lado. Outros entram e saem, sem vê-los nem ver-se, remanescentes punks, pregos nas jaquetas, botas pretas, intelectuais de óculos, aros coloridos, paletó xadrez, adolescentes japonesas, casais apertadinhos, elas comendo pipocas, senhoras de saia justa, gente assim, de todo tipo.

E talvez porque rapazes e moças como ele e ela aos sábados à tarde raramente ou nunca se enfiam pelos cinemas, preferindo subir ou descer a rua Augusta olhando as coisas, não as pessoas, os dois se encaminham para as entradas em arco do cinema. Então param e olham para cima, suspirando em suave desespero, um céu tão cinza, como se fosse chover, oh céu tão triste de Sampa.

E então como se um anjo de asas de ouro filigranado rompesse de repente as nuvens chumbo e com seu saxofone de jade cravejado de ametistas anunciasse aos homens daquela rua e daquele sábado à tarde naquela cidade a irreversibilidade e a fatalidade da redondeza das esquinas do mundo – ele olhou para ela e ela olhou para ele.

Ele sorriu para ela, sem ter o que dizer. Ela também sorriu para ele. Mas disse, a moça disse:

– Parece Saigon, não?

– O quê? – ele perguntou sem entender.

Ela apontou para cima:

– O céu. O céu parece Saigon.

Surpreso, e meio bobo, ele perguntou:

– E você já esteve em Saigon?

– Nunca – ela sorriu outra vez. – Mas não é preciso. Deve ser bem assim, você não acha?

– O quê? – ele, que era meio lento, tornou a perguntar.

– O céu – ela suspirou. – Parece o céu de Saigon.

Ele sorriu também outra vez. E concordou:

– Sim, é verdade. Parece o céu de Saigon.

Nesse momento – dizem que cabe aos homens esse gesto, e eles eram mesmo meio antigos – talvez ele tenha pensado em oferecer um cigarro a ela, em perguntar se já tinha visto aquele filme, se queria tomar um café no Ritz, até mesmo como ela se chamava ou alguma outra dessas coisas meio bestas, meio inocentes ou terrivelmente urgentes que se costuma dizer quando um desses rapazes e uma dessas moças ou qualquer outro tipo de pessoa, e são tantos quantas pessoas existem no mundo, encontram-se de repente e por alguma razão, sexual ou não, pouco importa se por alguns minutos ou para sempre, tanto faz, por alguma razão essas pessoas não querem se separar. Mas como ele era mesmo sempre um tanto lento, não perguntou coisa alguma, não fez convite nenhum. Nem ela. Que lenta não era, mas apenas distraída. Ela então sorriu pela terceira vez, e já de costas abanou de leve a mão abrindo os dedos, como Sally Bowles em *Cabaret,* e continuou a descer a rua Augusta. Ele também sorriu pela terceira vez meio sem jeito como era seu jeito, enfiou as mãos ainda mais fundo nos bolsos, como Tony Perkins em vários filmes, coçou a barba por fazer e resolveu subir novamente a rua Augusta.

Uns cem metros além, ela pela alameda Tietê, ele pela Santos, esse rapaz e essa moça, ou talvez os dois, ou quem sabe até mesmo nenhum, mas de qualquer forma ao mesmo tempo, pensam vagos e sem rancor mas estes sábados sempre tão chatos, porra, nunca acontece nada. Por associação de idéias nem tão estranha assim, ele ou ela, ou nenhum dos dois, talvez olhem ou não para trás procurando quem sabe algum vestígio, um resto qualquer um do outro pela rua Augusta deserta do sábado à tarde.

Mas rapazes e moças assim não costumam deixar rastros, e ambos já tinham sumido em suas esquinas de ladeiras súbitas e calçadas maltratadas. Acima deles, nuvens cada vez mais densas escondem súbitas o anjo. O céu de chumbo, onde não seria surpresa se no próximo segundo explodisse um cogumelo atômico, caísse uma chuva radioativa ou desabasse uma rajada de napalm, parecia mesmo o céu de Saigon, quem sabe pensaram. Embora, de certa forma, eles nunca tivessem estado lá.

Onírico

Escrito em 1991, este conto originalmente pretendia ser uma reescritura de A Pequena Sereia, *de Andersen. Com* Os sapatinhos vermelhos *(de* Os dragões não conhecem o paraíso*), mais outras histórias até agora apenas em projeto, formaria um livro chamado* Malditas fadas, *só com versões de Andersen "para adultos". Com este mesmo título e pequenas modificações, foi publicado no jornal* Nicolau.

Viu os frutos do pomar amadurecerem e serem colhidos, viu a neve derreter-se nas montanhas. Mas nunca mais viu o príncipe.
(Andersen: *A Pequena Sereia)*

Veio num sonho, certa noite. Ela o amava. Ele a amava também. E ainda que essa coisa, o amor, fosse complicada demais para compreender e detalhar nas maneiras tortuosas como acontece, naquele momento em que acontecia dentro do sonho, era simples. Boa, fácil, assim era. Ela gostava de estar com ele, ele gostava de estar com ela. Isso era tudo.

Dormiam juntos, no sonho, porque era bom para um e para outro estarem assim juntos, naquele outro espaço. Não vinha nada de fora, nem ninguém. Deitada nua no ombro também nu dele, não havia fatos. Dormiam juntos, apenas. Isso era limpo e nítido no sonho que ela sonhou aquela noite.

Deitada no ombro dele, ela via seu rosto muito próximo. Esse era o sonho, nada mais. E isso, mais tarde saberia, era o único *fato* do sonho inteiro: via o rosto dele muito próximo. Como um astronauta prestes a desembarcar veria a face da lua, mal reconhecendo o Mar da Serenidade perdido em poeira cinza, assim ela o via naquela proximidade excessiva, quase inumana de tão próxima. Fechasse os olhos – mas não os fecharia, pois já estava dormindo – guardaria contra as pálpebras cerradas um por um dos traços dele. Crateras miúdas com negros fios de barba despontando duros de dentro delas, molhadas gretas polpudas além das quais brilhava o branco duro dos dentes.

Coisas assim, ela via. E de olhos abertos, embora fechados, pois sonhava, protegia-o, protegiamse no meio da noite. Tão simples, tão claro. E de alguma forma inequívoca, para sempre.

Talvez ele tivesse passado um dos braços em torno da cintura dela, quem sabe ela houvesse deitado uma das mãos sobre o ombro dele, erguendo os dedos até que tocassem no lóbulo de sua orelha. Em todos os dias que se seguiram à noite daquele sonho, e foram muitos, honestamente não saberia localizar outros detalhes. Pois enquanto dormia, naquela noite, tudo era só e apenasmente isso: dormiam juntos.

No centro da noite, no meio do sonho, no outro espaço.

❖

Quase meio-dia da manhã seguinte, e ela não teria sequer a quem telefonar contando. Contando o que, perguntou-se, se nem havia o que contar propriamente? Lavou pratos e copos da noite anterior, folheou jornais, tanta miséria remota, e bocejou então andando pelo apartamento de solteira, metade do corpo ainda dentro do sonho onde ele também habitara. Despistou dois, três telefonemas, desmarcou alguma coisa pela tarde, outra pela noite. Queria ficar dentro de si, e nem importava quem exatamente era ela agora, assim vadia e meio à mercê, pensando só nele. No homem, no sonho. Morta de saudade, quase três da tarde deitou-se na cama ainda meio morna, e fumando na penumbra cortada pelas cintilações da curva da tarde, sentiu falta. Não de alguém morto ou perdido para sempre em viagem, em rompimento definitivo, não essa falta. Outra, nem falta nem saudade, mas coisa parecida e oca, o que ela sentia às três da tarde, fumando no quarto escuro. E sabia que de alguma forma ele continuava ali. Miúdas crateras, gretas polpudas. Em algum ponto da cama, do quarto, da mente, do espaço.

Embalada pelos ruídos da rua, dormiu até quase sete entre sonhos onde ele não surgia, perambulando por histórias que não o traziam de volta. Lavou o rosto, esquentou o frango no microondas, passou café, acendeu um cigarro espiando chatices na tevê – e tornou a dormir.

Custou um pouco. Foi quando, caindo em tentação, tentou quase desesperada lembrar-se – daquela vez, naquela noite – se ele teria mesmo passado um dos braços pela sua cintura, e se esse braço teria pêlos densos, mas macios de tocar, e se a mão dele realmente fechara-se exata e solidária e carinhosa naquele ponto secreto onde, constrangida, ela admitia ter mesmo algumas gordurinhas, e se a mão dela estaria assim meio pousada nos pêlos do peito dele, distendendo dois, três dedos até tocar no lóbulo da orelha. Colado ao rosto, alguém dissera, muita espiritualidade. Ou o contrário? Budas, Cristos, Oxalás, invocou no escuro que ainda guardava certo cheiro do sono anterior onde, nu e homem, ele habitara ao lado dela. Mas sabia que tudo isso – as invenções recentes sobre o outro espaço – era puro artifício.

❖

Sem artifícios, acordou na manhã seguinte. Vazias, ela e a manhã. E procurou o telefone para contar às amigas. "Premonição", disse uma, "você vai encontrar alguém"; "transporte astral", disse outra, "você deve tê-lo realmente encontrado numa outra dimensão"; "ah, mera projeção de carências atávicas", disse mais uma, "no fundo pura falta de sexo". Algum dia, ela desesperançava, em algum lugar, planejou em seguida, noutro espaço, por trás de tudo, num mundo paralelo, quem sabe: ah, sim, que certamente tornaria a encontrá-lo numa interfreqüência de rádio ou televisão, num reflexo do espelho. E às quatro da manhã a surpreenderam com um prato de macarrão frio sobre os joelhos, os olhos postos vesgos nos riscos magnéticos horizontais da tela da tevê. Ele não estava lá. Nos dias seguintes, mesmo aceitando todos os jantares e cedendo a todos os cinemas e shoppings e pizzarias, pois ele poderia também estar no real – ele também não estava lá. Nem aqui. Em nenhum lugar onde fosse, de fora ou de dentro, nos dias seguintes ao dia em que estivera deitada no ombro dele tão proximamente nu também, no fundo de um sonho, conseguia reencontrá-lo.

Pois havia outros detalhes, semanas depois ainda tentava lembrar. Havia um cheiro, por exemplo. Tênue, quase perverso. Intimidade úmida, limpa, nas dobras da carne suada, preservada na própria pele. Feito égua no escuro do quarto, escancarava narinas farejando o macho que a cavalgaria. Deu para pesquisar colônias masculinas, aspirar camisas entreabertas dos homens pelos ônibus, nas filas de bancos e correios, elevadores, essência entre os pêlos, primeiro suor após o banho, reconheceria quando o encontrasse. O cheiro cru, original. Não encontrou. Dilatava as narinas em lugares públicos cheios de homens suados – mas nenhum cheiro era o dele.

Rememorava, meticulosa: de baixo para cima, rosto pousado no peito dela, assim o vira naquela única vez. E embora o ângulo distorcido, porque era tudo o que tinha, tentava recompô-lo meses – e distorções – depois. Miúdas crateras, fios negros duros de barba despontando – apegava-se à certeza do *negros* como se fincasse bandeira em território conquistado – e depois as gretas polpudas de um lábio inferior atrás do qual brilhavam alvos dentes brancos. Alvos, repetia. Revistou revistas procurando semelhanças, Gibsons, Hanks, Lamberts, e esforçando o olhar para além dos ícones imaginava identificar um sobrecílio, um pômulo, mas se passara tanto tempo desde aquela vez, a original, a única, que não saberia mais se isso seria ainda uma memória ou sua Primeira Invenção Desesperada. Insistia: cílios longos macios. Sem vírgulas longos macios os cílios do homem que a amava e que ela amava também naquela noite e para sempre no meio de um sonho ficando antigo demais e meio disperso.

Invenções Desesperadas, pois, passou a fazer, Íntimas Orgias Imaginárias. Fossas nasais abertas onde ela passava a ponta da língua localizando certo remoto gosto salgado, e a outra mão dela, não aquela pousada no peito dele, mas esta uma que descia à toa pelos pêlos, enroscando-se até a cintura e então o umbigo súbito em certa barriga perdoada, porque ela o amava, e penetrava no umbigo com a ponta da unha vermelha, antes de mergulhar na mata mais abaixo, aquele homem que não era sequer perfeito e por isso mesmo belo, porque a amava e ela a ele, e isso era para sempre apesar do fugaz.

❖

Passaram-se meses, ela não o esquecia.

Toda noite, acompanhada ou não – pois ao fim e ao cabo achava, digamos, *saudável* manter uma vida real-objetiva enquanto ele continuava a acontecer dentro de si, no outro espaço, sem que ninguém soubesse –, abria-se só para ele. E quando os outros reais, objetivos, debruçavam-se sobre ela, virava-os de costas na cama – *boca arriba,* repetia, como se fora argentina, *boca arriba* – e encostando o rosto em seus peitos tentava retomar aquele mesmo ângulo entrevisto à beira do pescoço úmido, íntimo, único. Mas nunca outros homens foram, eram nem seriam aquele, e ela sabia que de maneira alguma poderiam ser, ainda que fingisse com o máximo de empenho. Pois, por trás do sonho, resistia o chamado real-impiedoso.

Porra caralho buceta, repetia sozinha. Bruta, vulgar. Afinal, não era essa a forma de procurá-lo, jamais no chamado real-impiedoso.

Então voltava a deitar em horas absurdas e a dormir para tentar encontrá-lo no país onde habitava, e nem sabia que reino mais, tão diverso do dela. Todas as noites, um segundo antes de afundar, pensava – onde quer que você esteja, meu príncipe, em qualquer região da minha mente, no mínimo interstício, na fímbria do pensamento, frincha da memória, dobra da fantasia, faixa vibratória passada presente futura, aqui vou eu ao seu encontro, meu bem amado. E nada. Mesmo que alimentasse o hábito de materializar anjos e fadas sentados à beira de sua cama a perguntarem gentis o que desejava mais profunda e loucamente entre todas as coisas da vida inteira, o que mais queria de tudo que existe no universo infinito – e respondesse sempre, singela e sincera: tornar a encontrá-lo –, nunca mais voltou a vê-lo. Nem no sonho, nem na vida.

Inúteis cartomantes, trânsitos, runas, ebós. O Valete de Copas traria carta de amor assim que Netuno abandonasse a oposição de Vênus na casa do karma, Peorth anunciaria o reencontro das coisas perdidas se Oxum aceitasse as rosas amarelas jogadas na cachoeira. Nessa região movediça da qual não desacreditava de todo, pois, afinal, fora onde o conhecera – ele também não estava. Delirava insone: quando eu voltar princesa e você gladiador entre feras, quem sabe na arena; quando emergir do fundo das águas para espiar teu reino terrestre e verde, à superfície, quando eu talvez sereia, mulher-maravilha, pastora e astronauta navegando em abismos – quem, quem sabe quando?

Por enquanto, arduamente, era só um cheiro de homem nu flutuando no escuro do quarto, quentura de bicho vivo pulsando junto à quentura de bicho vivo dela. Outra coisa, noutro lugar. Que não ficava aqui, nem lá. Talvez se morresse. O problema é que a vida era agora e era aqui.

E além de não estar nem no aqui nem no agora, ele não partia.

❖

Não se matou. Não seria capaz, resistia sempre à ilusão de encontrá-lo um dia.

Por isso mesmo houve outros, claro. Algumas iluminações, encontros quase agradáveis até. O engenheiro divorciado, um professor de olhos verdes. Mas aprendeu a ir dormir sempre o mais cedo que pode, pois é nessa faixa que ele habita, ela sabe, a contemplá-la mesmo de olhos fechados. E de tudo que foi restando nesses anos todos, continua sabendo que sabe que fica lá o lugar onde poderia encontrá-lo outra vez. Do outro lado, onde com os olhos abertos ela vê com os olhos fechados e inteiramente nua, encostada ao ombro dele, que dorme inteiramente nu também, mas a vê-la dentro do sono.

Arfam levemente os dois. Ela dorme segura protegida no ombro dele que a protege seguro. Mesmo dormindo, mesmo do lado de cá. E isso é para sempre, por mais que o tempo passe e a afaste cada vez mais dele, que continua eterno naquele segundo em que o viu. E isso ninguém roubará, repete-se, mesmo levando em conta todos aqueles meses de enganos vis que continuam e continuarão a vir depois daquele sonho.

Eu te amo, repete sozinha para o escuro toda noite, pouco antes de seu corpo dissolver-se na espuma do sono, eu te amo. E se pudessem saber, os outros, todos saberiam que isso não deixa de ser uma vitória. Certa espécie de vitória. Mas tão dúbia que parece também uma completa derrota.

Metâmeros

Para
Déa Martins

Desde que li em algum livro de biologia que "metâmero é cada um dos anéis do corpo de um verme, e que cada um desses metâmeros pode formar um verme novo", fiquei fascinado pela idéia de textos que seriam assim como embriões de si mesmos. Se desenvolvidos, poderiam resultar em contos ou até mesmo novelas ou romances. Das dezenas que escrevi, estes dois me parecem os melhores.

I. A PERDA

Quando passo às vezes por aquela esquina, espio sempre a outra rua por trás da igreja. E mesmo sem querer, sem perceber claro o que sinto, lembro daquela tarde em que fui visitá-lo pela última vez, depois voltei caminhando pela rua cheia de árvores tão altas que suas copas se encontram e se misturam no alto, como num túnel redondo, irregular, a pensar coisas que nem lembro mais.

Quando passo por lá assim rapidamente, numa tarde como a de ontem ou outras iguais destes tantos meses passados, penso se não deveria retomá-la – essa rua, essa caminhada, mas sem ele agora – uma tarde, noite ou manhã quaisquer para refazer o percurso inverso até a casa dele, onde nem mora mais. E parado naquela esquina feito espião, contemplar a sacada daquele décimo andar onde costumávamos nos debruçar abraçados para olhar aquela rua lá embaixo sendo aos poucos coberta pelas sombras da tarde furando a copa-túnel das árvores. As sombras que crescem devagar sobre o asfalto quente do verão passado. As sombras, enfim.

(1985)

II. SOBRE O VULCÃO

No se puede vivir sin amor.
(Malcolm Lowry: *Under the Volcano*)

Naquele tempo, minha única ocupação diária era tentar não morrer. Talvez pareça excessivamente dramático dito assim, mas assim era. Nem sinistra ou espantosa, apenas cotidiana feito xícara de café, janela aberta ou fechada sobre esse espaço vago que chamam de *o depois,* dentro e fora de mim, a morte estava sempre presente.

Naqueles dias uterinos, gordurosos, naqueles dias amnióticos quando eu não conseguia sequer sair da cama, trinta horas em posição fetal sem dormir nem viver, numa espécie de ensaio geral da treva definitiva deflagrada pela hospitalização de Daniel, pouco mais de quarenta quilos e nódulos púrpuras espalhados pelo novo corpo quase de criança onde, do antigo, restavam apenas os enormes olhos verdes, e também pelo suicídio de Julia, pulsos cortados e a cabeça enfiada no forno do fogão a gás, vestida de bailarina com tutu de gaze azul e sapatilhas, depois de ter grafitado em spray rosa-choque no lado de fora da porta da cozinha alguma coisa em espanhol, alguma coisa amarga, alguma coisa assim: *no se puede vivir sin amor.*

Daquele tempo nem tão distante, daqueles dias que até hoje duram às vezes duas, às vezes duzentas horas, restou esta sensação de que, como eles, também me vou tombando rápido dentro da boca de um vulcão aberto sem fôlego nem tempo para repetir como numa justificativa, ou oração, ou mantra, enquanto caio sem salvação no fogo que é verdade, que si, que no, que nadie puede mismo vivir sin amor.

(1989)

Depois de agosto

(Uma história positiva, para ser lida ao som de *Contigo en la Distancia)*

Foi escrita em fevereiro de 1995, entre Rio de Janeiro, Fortaleza e Porto Alegre. Há pouco a dizer sobre ela, ainda está muito próxima para eu tratá-la com frieza e distanciamento. Talvez seja um tanto cifrada, mas para um bom leitor certo mistério nunca impede a compreensão.

Porque o Eterno, teu Deus, te há abençoado em toda a obra das tuas mãos; soube da tua longa caminhada por este grande deserto; há já quarenta anos que o Eterno, teu Deus, está contigo e nada te tem faltado. (*Deuteronômio,* II, *7*)

LÁZARO

Naquela manhã de agosto, era tarde demais. Foi a primeira coisa que ele pensou ao cruzar os portões do hospital apoiado náufrago nos ombros dos dois amigos. Anjos da guarda, um de cada lado. Enumerou: tarde demais para a alegria, tarde demais para o amor, para a saúde, para a própria vida, repetia e repetia para dentro sem dizer nada, tentando não olhar os reflexos do sol cinza nos túmulos do outro lado da avenida Dr. Arnaldo. Tentando não ver os túmulos, mas sim a vida louca dos túneis e viadutos desaguando na Paulista, experimentava um riso novo. Pé ante pé, um pouco para não assustar os amigos, um pouco porque não deixava de ser engraçado estar de volta à vertigem metálica daquela cidade à qual, há mais de mês, deixara de pertencer.

Vamos comer sushi num japonês que você gosta, disse a moça do lado esquerdo. E ele riu. Depois vamos ao cinema ver o Tom Hanks que você adora, disse o rapaz do lado direito. E ele tornou a rir. Riram os três, um tanto sem graça, porque a partir daquela manhã de agosto, embora os três e todos os outros que já sabiam ou viriam a saber, pois ele tinha o orgulho de nada esconder, tentassem suaves disfarçar, todos sabiam que ele sabia que tinha ficado tarde demais. Para a alegria, repetia, a saúde, a própria vida. Sobretudo para o amor, suspirava. Discreto, pudico, conformado. Nunca-mais o amor era o que mais doía, e de todas as tantas dores, essa a única que jamais confessaria.

PRIMAVERA

Mas quase nem doeu, meses seguintes. Pois veio a primavera e trouxe tantos roxos e amarelos para a copa dos jacarandás, tantos reflexos azuis e prata e ouro na superfície das águas do rio, tanto movimento nas caras das pessoas do Outro Lado com suas deliciosas histórias de vivas desimportâncias, e formas pelas nuvens – um dia, um anjo –, nas sombras do jardim pela tardinha – outro dia, duas borboletas fazendo amor pousadas na sua coxa. Coxa's Motel, ele riu.

Nem sempre ria. Pois havia também horários rígidos, drogas pesadas, náuseas, vertigens, palavras fugindo, suspeitas no céu da boca, terror suado estrangulando as noites e olhos baixos no espelho a cada manhã, para não ver Caim estampado na própria cara. Mas havia ainda as doçuras alheias feito uma saudade prévia, pois todos sabiam que era tarde demais, e golpes de fé irracional em algum milagre de *science fiction,* por vezes avisos mágicos nas minúsculas plumas coloridas caídas pelos cantos da casa. E principalmente, manhãs. Que já não eram de agosto, mas de setembro e depois outubro e assim por diante até o janeiro do novo ano que, em agosto, nem se atrevera a supor.

Estou forte, descobriu certo dia, verão pleno na cidade ao sul para onde mudara, deserta e crestada pelo sol e branca e ardente como uma vila mediterrânea de Theos Angelopoulos. E decidiu: vou viajar. Porque não morri, porque é verão, porque é tarde demais e eu quero ver, rever, transver, milver tudo que não vi e ainda mais do que já vi, como um danado, quero ver feito Pessoa, que também morreu sem encontrar. Maldito e solitário, decidiu ousado: vou viajar.

JADE

Para a costa, perto do mar, onde as águas verdes pareciam jade cintilando no horizonte, como se fizesse parte de um cartão-postal *kitsch,* à sombra de uma palmeira ele bebia água de coco sob o chapéu de palha ao sol das sete da manhã, catando conchas coloridas no debrum da espuma das ondas. Ao pôr-do-sol atrevia-se às vezes a uma cerveja, olhando rapazes para sempre inatingíveis jogando futebol na areia.

Tarde demais, nunca esquecia. E respirava lento, medido, economizando sua quota kármica de prana ao estufar estômago-costelas-pulmões, nessa ordem, erguendo suave os ombros para depois expirar sorrindo, mini-samadhi. Devocional, búdico. Pois se ficara mesmo tarde demais para todas as coisas dos Viventes Inconscientes, como passara a chamar às Pessoas do Outro Lado – apenas para si mesmo, não queria parecer arrogante –, pois se ficara mesmo assim tragicamente tarde, acendia um cigarro culpado e, fodam-se, com toda a arrogância constatava: se era tarde demais, poderia também ser cedo demais, você não acha? perguntava sem fôlego para ninguém.

Navios deslizavam na linha verde do horizonte. Ele filosofava: se tarde demais era *depois* da hora exata, cedo demais seria *antes* dessa mesma hora. Estava portanto cravado nessa hora, a exata, entre antes-depois, noite-dia, morte-vida e isso era tudo e em sendo tudo não era boa nem má aquela hora, mas exata e justa apenas tudo que tinha. Entre este lado e o outro, isto e aquilo, um coco na mão esquerda e um cigarro na direita, sorria. Apoiado em coisas fugazes e ferozes, anjos e cães de guarda.

Nada mau para um ressuscitado, considerou. E logo depois, insensato: estou feliz. Era verdade. Ou quase, pois:

Então chegou o outro.

Primeiro por telefone, que era amigo-de-um-amigo-que-estava-viajando-e-recomendara-que-olhasse-por-ele. Se precisava de alguma coisa, se estava mesmo bem entre aspas. Tão irritante ser lembrado da própria fragilidade no ventre do janeiro tropical, quase expulso do Paraíso que a duras penas conquistara desde sua temporada particular no Inferno, teve o impulso bruto de ser farpado com o outro. A voz do outro. A invasão do outro. A gentil crueldade do outro, que certamente faria parte do outro Lado. Daquela falange dos Cúmplices Complacentes, vezenquando mais odiosa que os Sórdidos Preconceituosos, compreende?

Mas havia algo – um matiz? – nessa voz desse outro que o fazia ter nostalgia boa de gargalhar rouco jogando conversa fora com outras pessoas de qualquer lado – que não havia lados, mas lagos, desconfiava vago –, como desde antes daquele agosto desaprendera de fazer. Ah, sentar na mesa de um bar para beber nem que fosse água brahma light cerpa sem álcool (e tão chegado fora aos conhaques) falando bem ou mal de qualquer filme, qualquer livro, qualquer ser, enquanto navios pespontavam a bainha verde do horizonte e rapazes morenos musculosos jogassem eternamente futebol na areia da praia com suas sungas coloridas protegendo crespos pentelhos suados, peludas bolas salgadas. Respirou fundo, lento, sete vezes perdoando o outro. E marcou um encontro.

ORIENTE

Soube no segundo em que o viu. Quem sabe a pele morena, talvez os olhos chineses? Curioso, certo ar cigano, seria esse nariz persa?

Talvez tanta coisa quem sabe *maybe peut-être magari* enquanto rodavam de carro ouvindo fitas nervosas mas você tem esta eu não consigo acreditar que outra criatura além de mim na galáxia: você é louco, garoto, juro que nunca pensei.

As janelas abertas para a brisa de quase fevereiro faziam esvoaçar os cabelos de um só, que os dele tinham ficado ralos desde agosto. Pêlos dos braços que se eriçavam – maresia, magnetismos – e pelas coxas nuas nas bermudas brancas músculos tremiam em câimbras arfantes aos toques ocasionais de um, de outro. Um tanto por acaso, assim as mãos tateando possíveis rejeições, depois mais seguras, cobras enleadas, choque de pupilas com duração de *big boom* em um suspiro – e de repente meu santo antônio um beijo de língua morna molhado na boca até o céu e quase a garganta alagados pelos joelhos na chuva tropical de Botafogo.

Mas se o outro, cuernos, se o outro, como todos, sabia perfeitamente de sua situação: como se atrevia? por que te atreves, se não podemos ser amigos simplesmente, cantarolou distraído. Piedade, suicídio, sedução, *hot voodoo,* melodrama. Pois se desde agosto tornar-se o tão impuro que sequer os leprosos de Cartago ousariam tocá-lo, ele, o mais sarnento de todos os cães do beco mais sujo de Nova Délhi. Ay! gemeu sedento e andaluz no deserto rosso da cidade do centro.

Acordou em estado de encantamento. Noutra cidade, ainda mais ao norte, para onde fugira depois daquele beijo. Só que quase não conseguia mais olhar para fora. Como antigamente, como quando fazia parte da roda, como quando estava realmente vivo – mas se porra ainda não morri caralho, quase gritava. E talvez não fosse tarde demais, afinal, pois começou desesperadamente outra vez a ter essa coisa sôfrega: a esperança. Como se não bastasse, veio também o desejo. Desejo sangrento de bicho vivo pela carne de outro bicho vivo também. Sossega, dizia insone, abusando de lexotans, duchas mornas, shiatsus. Esquece, renuncia, baby: esses quindins já não para o teu bico, meu pimpolho...

Meio fingindo que não, pela primeira vez desde agosto olhou-se disfarçado no espelho do *hall* do hotel. As marcas tinham desaparecido. Um tanto magro, *bíên-sure,* considerou, mas *pas grave, mon chér.* Twiggy, afinal, Iggy Pop, Verushka (onde andaria?), Tony Perkins – não, Tony Perkins melhor não – enumerou, ele era meio *sixties.* Enfim, quem não soubesse jamais diria, você não acha, meu bem? Mas o outro sabia. E por dentro do encantamento, da esperança e do desejo, entremeado começou a ter pena do outro, mas isso não era justo, e tentou o ódio. Ódio experimental, claro, pois embora do bem, ele tinha Ogum de lança em riste na frente.

Aos berros no chuveiro: se você sabe seu veado o que pretende afinal com tanta sedução? Sai de mim, me deixa em paz, você arruinou a minha vida. Começou a cantar uma velha canção de Nara Leão que sempre o fazia chorar, desta vez mais que sempre, por que desceste ao meu porão sombrio, por que me descobriste no abandono, por que não me deixaste adormecido? Mas faltava água na cidade de lá, e ensaboado e seco ele parou de cantar.

FUGA

Porque não suportava mais todas aquelas coisas por dentro e ainda por cima o quase-amor e a confusão e o medo puro, ele voltou à cidade do centro. Marcou a passagem de volta para a sua cidade ao sul em uma semana. Continuava verão, quase não havia lugares e todo mundo se movia sem parar dos mares para as montanhas, do norte para o sul e o contrário o tempo todo. Fatídica, pois, a volta. Em sete dias. Só no terceiro, o das árvores que dão frutos, telefonou.

O outro, outra vez. A voz do outro, a respiração do outro, a saudade do outro, o silêncio do outro. Por mais três dias então, cada um em uma ponta da cidade, arquitetaram fugas inverossímeis. O trânsito, a chuva, o calor, o sono, o cansaço. O medo, não. O medo não diziam. Deixavam-se recados truncados pelas máquinas, ao reconhecer a voz um do outro atendiam súbitos em pleno bip ou deixavam o telefone tocar e tocar sem atender, as vozes se perdendo nos primeiros graus de Aquário.

Sim, afligia muito querer e não ter. Ou não querer e ter. Ou não querer e não ter. Ou querer e ter. Ou qualquer outra enfim dessas combinações entre os quereres e os teres de cada um, afligia tanto.

SONHO

Teve um sonho, então. O primeiro que conseguia lembrar desde agosto.

Chegava num bar com mesas na calçada. Ele morava num apartamento em cima daquele bar, no mesmo prédio. Estava aflito, esperava um recado, carta, bilhete ou qualquer presença urgente do outro. Sorrindo na porta do bar, um rapaz o cumprimentou. Não o conhecia, mas cumprimentou de volta, mais apressado que intrigado. Subia escadas correndo, ofegante abria a porta. Nenhum bilhete no chão.

Na secretária, nenhum recado na fita. Olhou o relógio, tarde demais e não viera. Mas de repente lembrou que aquele rapaz que o cumprimentara sorrindo na porta do bar lá embaixo, que aquele rapaz moreno que ele não reconhecera – aquele rapaz era o outro.

Não vejo o amor, descobriu acordando: desvio dele e caio de boca na rejeição.

CAPITULAÇÃO

Como não era mais possível adiar, sob risco de parecerem no mínimo mal-educados – e eram, ambos, de fino trato –, na véspera da partida ele acendeu uma vela para Jung, outra para Oxum. E foi.

Feito donzela, tremia ao descer do táxi, mas umas adrenalinas viris corriam nos músculos e umas endorfinas doidas no cérebro avisavam: voltara, o desejo que tanto latejara antes e tão loucamente que, por causa dele, ficara assim. Nosferatu, desde agosto, aquela espada suspensa, pescoço na guilhotina, um homem-bomba cujo lacre ninguém se atrevia a quebrar.

ESPELHO

Na sala clara e limpa, começou a falar sem parar sobre a outra cidade mais ao norte, o jade do mar de lá, e daquela outra mais ao sul, o túnel roxo dos jacarandás. De tudo que não estava ali na sala clara e limpa no centro da qual, parado, o outro o olhava, e de tudo que fora antes e o que seria depois daquele momento, ele falou. Mas em nenhum momento daquele momento, hora exata, em que ele e o outro se olhavam frente a frente.

– Amanhã é dia de Iemanjá – ele disse por fim exausto.

O outro convidou:

– Senta aqui do meu lado.

Ele sentou. O outro perguntou:

– Nosso amigo te contou?

– O quê?

O outro pegou na mão dele. A palma era lisa, fina, leve, fresca.

– Que eu também.

Ele não entendia.

– Que eu também – o outro repetiu.

O ruído dos carros nas curvas de Ipanema, a lua nova sobre a lagoa. E feito um choque elétrico, raio de Iansã, de repente entendeu. Tudo.

– Você também – disse, branco.

– Sim – o outro disse sim.

VALSA

Seminus viraram noite espalhando histórias desde a infância sobre a cama, entre leques, cascas de amendoim, latas de gatorade, mapas astrais e arcanos do Tarot, ouvindo Ney Matogrosso gemer uma história fatigada e triste sobre um viajante por alguma casa, pássaros de asas renovadas, reis destronados da imensa covardia. Eu era gordo, contou um. Eu era feio, disse outro. Morei em Paris, contou um. Vivi em Nova York, disse outro. Adoro manga, odeio cebola. Coisas assim, eles falaram até as cinco.

Às vezes aconteciam coisas malucas, como a ponta do pé de um escorregar para tão dentro e fundo da manga da camiseta do outro que um dedo alerta roçava súbito um mamilo duro, ou a cabeça de um descansava suada por um segundo na curva do ombro do outro, farejando almíscar. Que o outro quase morrera, antes mesmo dele, num agosto anterior talvez de abril, e desde então pensava que: era tarde demais para a alegria, para a saúde, para a própria vida e, sobretudo, ai, para o amor. Dividia-se entre natações, vitaminas, trabalho, sono e punhetas loucas para não enlouquecer de tesão e de terror. Os pulmões, falaram, o coração. Retrovírus, Plutão em Sagitário, alcaçuz, zidovudina e Rá!

Quando saíram para jantar juntos ao ar livre, não se importaram que os outros olhassem de vários pontos de vista, de vários lados de lá – para as suas quatro mãos por vezes dadas sobre a toalha xadrez azul e branco. Belos, inacessíveis como dois príncipes amaldiçoados e por isso mesmo ainda mais nobres.

FINAIS

Quase amanhecia quando trocaram um abraço demorado dentro do carro que só faltava ser Simca. Tão *fifties,* riram. Na manhã de Iemanjá, ele jogou rosas brancas na sétima onda, depois partiu sozinho. Não fizeram planos.

Talvez um voltasse, talvez o outro fosse. Talvez um viajasse, talvez outro fugisse. Talvez trocassem cartas, telefonemas noturnos, dominicais, cristais e contas por sedex, que ambos eram meio bruxos, meio ciganos, assim meio babalaôs. Talvez ficassem curados, ao mesmo tempo ou não. Talvez algum partisse, outro ficasse. Talvez um perdesse peso, o outro ficasse cego. Talvez não se vissem nunca mais, com olhos daqui pelo menos, talvez enlouquecessem de amor e mudassem um para a cidade do outro, ou viajassem juntos para Paris, por exemplo, Praga, Pittsburg ou Creta. Talvez um se matasse, o outro negativasse. Seqüestrados por um OVNI, mortos por bala perdida, quem sabe.

Talvez tudo, talvez nada. Porque era cedo demais e nunca tarde. Era recém no início da não-morte dos dois.

BOLERO

Mas combinaram:

Quatro noites antes, quatro depois do plenilúnio, cada um em sua cidade, em hora determinada, abrem as janelas de seus quartos de solteiros, apagam as luzes e abraçados em si mesmos, sozinhos no escuro, dançam boleros tão apertados que seus suores se misturam, seus cheiros se confundem, suas febres se somam em quase noventa graus, latejando duro entre as coxas um do outro.

Lentos boleros que mais parecem mantras. Mais Índia do que Caribe. Pérsia, quem sabe, budismo hebraico em celta e yorubá. Ou meramente Acapulco, girando num embrujo de maraca y bongô.

Desde então, mesmo quando chove ou o céu tem nuvens, sabem sempre quando a lua é cheia. E quando mingua e some, sabem que se renova e cresce e torna a ser cheia outra vez e assim por todos os séculos e séculos porque é assim que é e sempre foi e será, se Deus quiser e os anjos disserem Amém.

E dizem, vão dizer, estão dizendo, já disseram.

Que importa restarem cinzas
se a chama foi bela e alta?
Em meio aos toros que desabam
cantemos a canção das chamas!
(Mario Quintana)

Coleção **L&PM** POCKET

1. **Catálogo geral da** Coleção **L&PM** POCKET
2. **Poesias** – Fernando Pessoa
3. **O livro dos sonetos** – org. Sergio Faraco
4. **Hamlet** – Shakespeare – trad. Millôr Fernandes
5. **Isadora, fragmentos autobiográficos** – Isadora Duncan
6. **Histórias sicilianas** – Giuseppe di Lampedusa
7. **O relato de Arthur Gordon Pym** – Edgar Allan Poe
8. **A mulher mais linda da cidade** – C. Bukowski
9. **O fim de Montezuma** – Hernan Cortez
10. **A ninfomania** – D. T. Bienville
11. **As aventuras de Robinson Crusoé** – Daniel Defoe
12. **Histórias de amor** – A. Bioy Casares
13. **Armadilha mortal** – Roberto Arlt
14. **Contos de fantasmas** – Daniel Defoe
15. **Os pintores cubistas** – G. Apollinaire
16. **A morte de Ivan Ilitch** – L.Tolstoi
17. **A desobediência civil** – David Henry Thoreau
18. **Liberdade, liberdade** – Flávio Rangel e Millôr Fernandes
19. **Cem sonetos de amor** – Pablo Neruda
20. **Mulheres** – Eduardo Galeano
21. **Cartas a Théo** – Van Gogh
22. **Don Juan** – Molière – Trad. e adaptação de Millôr Fernandes
24. **Horla & outras histórias** – Guy de Maupassant
25. **O caso de Charles Dexter Ward** – H. P. Lovecraft
26. **Vathek** – William Beckford
27. **Hai-Kais** – Millôr Fernandes
28. **Adeus, minha adorada** – Raymond Chandler
29. **Cartas portuguesas** – Mariana Alcoforado
30. **A mensageira das violetas** – Sonetos – Florbela Espanca
31. **Espumas flutuantes** – Castro Alves
32. **Dom Casmurro** – Machado de Assis
34. **Alves & Cia.** – Eça de Queiroz
35. **Uma temporada no inferno** – Arthur Rimbaud
36. **A correspondência de Fradique Mendes** – Eça de Queiroz
38. **Antologia poética** – Olavo Bilac – Seleção de Paulo Hecker Fº
39. **Rei Lear** – W. Shakespeare – Trad. de Millôr Fernandes
40. **Memórias póstumas de Brás Cubas** – Machado de Assis
41. **Que loucura!** – Woody Allen
42. **O duelo** – Casanova
44. **Gentidades** – Darcy Ribeiro
45. **Memórias de um Sarg. de Milícias** – Manuel A. de Almeida
46. **Os escravos** – Castro Alves
47. **O desejo pego pelo rabo** – Pablo Picasso
48. **Os inimigos** – Máximo Gorki
49. **O colar de veludo** – Alexandre Dumas
50. **Livro dos bichos** – Org. de Sergio Faraco
51. **Quincas Borba** – Machado de Assis
53. **O exército de um homem só** – Moacyr Scliar
54. **Frankenstein** – Mary Shelley
55. **Dom Segundo Sombra** – Ricardo Güiraldes
56. **De vagões e vagabundos** – Jack London

57. **O homem bicentenário** – Isaac Asimov
58. **A viuvinha** – José de Alencar
59. **Livro das cortesãs** – Org. de Sergio Faraco
60. **Últimos poemas** – Pablo Neruda
61. **A moreninha** – Joaquim Manuel de Macedo
62. **Cinco minutos** – José de Alencar
63. **Saber envelhecer e a amizade** – Cícero
64. **Enquanto a noite não chega** – Josué Guimarães
65. **Tufão** – Joseph Conrad
66. **Aurélia** – Gérard de Nerval
67. **I-Juca-Pirama** *seguido de* **Os Timbiras** – Gonçalves Dias
68. **Fábulas de Esopo**
69. **Teresa Filósofa** – Anônimo do Séc. XVIII
70. **Aventuras inéditas de Sherlock Holmes** – A. C. Doyle
71. **Antologia poética** – Mario Quintana
72. **Antes e depois** – Paul Gauguin
73. **A morte de Olivier Bécaille** – Émile Zola
74. **Iracema** – José de Alencar
75. **Iaiá Garcia** – Machado de Assis
76. **Utopia** – Tomás Morus
77. **Sonetos para amar o amor** – Luis Vaz de Camões
78. **Carmem** – Prosper Mérimée
79. **Senhora** – José de Alencar
80. **Hagar, o horrível 1** – Dik Browne
81. **O coração das trevas** – Joseph Conrad
82. **Um estudo em vermelho** – Sir Arthur Conan Doyle
83. **Todos os sonetos** – Augusto dos Anjos
84. **A propriedade é um roubo** – P.-J. Proudhon
85. **Drácula** – Bram Stoker
86. **O marido complacente** – Marquês de Sade
87. **De profundis** – Oscar Wilde
88. **Sem plumas** – Woody Allen
89. **Os bruzundangas** – Lima Barreto
90. **O cão dos Baskervilles** – Sir Arthur Conan Doyle
91. **Paraísos artificiais** – Charles Baudelaire
92. **Cândido, ou o otimismo** – Voltaire
93. **Triste fim de Policarpo Quaresma** – Lima Barreto
94. **Amor de perdição** – Camilo Castelo Branco
95. **Megera domada** – W. Shakespeare – Trad. Millôr Fernandes
96. **O mulato** – Aluísio Azevedo
97. **O alienista** – Machado de Assis
98. **O livro dos sonhos** – Jack Kerouac
99. **Noite na taverna** – Álvares de Azevedo
100. **Aura** – Carlos Fuentes
102. **Contos gauchescos e lendas do sul** – Simões Lopes Neto
103. **O cortiço** – Aluísio Azevedo
104. **Marília de Dirceu** – Tomás Antônio Gonzaga
105. **O Primo Basílio** – Eça de Queiroz
106. **O ateneu** – Raul Pompéia
107. **Um escândalo na Boêmia** – Sir Arthur Conan Doyle
108. **Contos** – Machado de Assis
109. **200 Sonetos** – Luis Vaz de Camões
110. **O príncipe** – Maquiavel

111. A escrava Isaura – Bernardo Guimarães
112. O solteirão nobre – Sir Arthur Conan Doyle
114. Shakespeare de A a Z – William Shakespeare
115. A relíquia – Eça de Queiroz
117. O livro do corpo – Vários (org. de Sergio Faraco)
118. Lira dos 20 anos – Álvares de Azevedo
119. Esaú e Jacó – Machado de Assis
120. A barcarola – Pablo Neruda
121. Os conquistadores – Júlio Verne
122. Contos breves – G. Apollinaire
123. Taipi – Herman Melville
124. Livro dos desaforos (Poesias) – Org. de Sergio Faraco
125. A mão e a luva – Machado de Assis
126. Doutor Miragem – Moacyr Scliar
127. O penitente – Isaac B. Singer
128. Diários da descoberta da América – Cristóvão Colombo
129. Édipo Rei – Sófocles
130. Romeu e Julieta – William Shakespeare
131. Hollywood – Charles Bukowski
132. Billy the Kid – Pat Garrett
133. Cuca fundida – Woody Allen
134. O jogador – Dostoiévski
135. O livro da selva – Rudyard Kipling
136. O vale do terror – Sir Arthur Conan Doyle
137. Dançar tango em Porto Alegre – Sergio Faraco
138. O gaúcho – Carlos Reverbel
139. A volta ao mundo em oitenta dias – Júlio Verne
140. O livro dos esnobes – W. M. Thackeray
141. Amor & morte em Poodle Springs – Raymond Chandler & R. Parker
142. As aventuras de David Balfour – Robert L. Stevenson
143. Alice no País das Maravilhas – Lewis Carroll
144. A ressurreição – Machado de Assis
145. Inimigos, uma história de amor – Isaac. B. Singer
146. O Guarani – José de Alencar
147. Cidade e as serras – Eça de Queiroz
148. Eu e outras poesias – Augusto dos Anjos
149. A mulher de trinta anos – Honoré de Balzac
150. Pomba enamorada e outros contos – Lygia Fagundes Telles
151. Contos fluminenses – Machado de Assis
152. Antes de Adão – Jack London
153. Intervalo amoroso e outros poemas escolhidos – Affonso Romano de Sant'Anna
154. Memorial de aires – Machado de Assis
155. Naufrágios e comentários – Álvar Nuñes Cabeza de Vaca
156. Ubirajara – José de Alencar
157. Textos anarquistas – Michael Alexandrovich Bakunin
158. O pirotécnico Zacarias – Murilo Rubião
159. Amor de salvação – Camilo Castelo Branco
160. O gaúcho – José de Alencar
161. O Livro das maravilhas – Marco Polo
162. Inocência – Visconde de Taunay
163. Helena – Machado de Assis
164. Uma estação de amor – Horácio Quiroga

165. Poesia reunida – Martha Medeiros
166. Memórias de Sherlock Holmes – Sir Arthur Conan Doyle
167. A vida de Mozart – Stendhal
168. O primeiro terço – Neal Cassady
169. O mandarim – Eça de Queiroz
170. Um espinho de marfim – Marina Colasanti
171. A ilustre Casa de Ramires – Eça de Queiroz
172. Lucíola – José de Alencar
173. Antígona – Sófocles – trad. Donaldo Schüler
174. Otelo – William Shakespeare
175. Antologia – Gregório de Matos
176. A liberdade de imprensa – Karl Marx
177. Casa de pensão – Aluísio Azevedo
178. São Manuel Bueno, Mártir – Miguel de Unamuno
179. Primaveras – Casimiro de Abreu
180. O noviço – Martins Pena
181. O sertanejo – José de Alencar
182. Eurico, o presbítero – Alexandre Herculano
183. O signo dos quatro – Sir Arthur Conan Doyle
184. Sete anos no Tibet – Heinrich Harrer
185. Vagamundo – Eduardo Galeano
186. De repente acidentes – Carl Solomon
187. As minas de Salomão – Rider Haggar (trad. de Eça de Queiroz)
188. Uivo – Allen Ginsberg
189. A ciclista solitária – Sir Arthur Conan Doyle
190. Os seis bustos de Napoleão – Sir Arthur Conan Doyle
191. Cortejo do divino – Nelida Piñon
192. Cassino Royale – Ian Fleming
193. Viva e deixe morrer – Ian Fleming
194. Os crimes do amor – Marques de Sade
195. Besame Mucho – Mário Prata
196. Tuareg – Alberto Vásquez-Figueroa
197. O longo adeus – Raymond Chandler
198. Os diamantes são eternos – Ian Fleming
199. Notas de um velho safado – Charles Bukowski
200. 111 ais – Dalton Trevisan
201. O nariz *seguido de* **Diário de um louco** – Nicolai Gogol
202. O capote *seguido de* **O retrato** – Nicolai Gogol
203. Macbeth – William Shakespeare
204. Heráclito – Donaldo Schüler
205. Você deve desistir, Osvaldo – Cyro Martins
206. Memórias de Garibaldi – Alexandre Dumas
207. A arte da guerra – Sun Tzu
208. Fragmentos – Caio Fernando Abreu
209. Festa no castelo – Moacyr Scliar
210. O grande deflorador – Dalton Trevisan
211. Corto Maltese na Etiópia – Hugo Pratt
212. Homem do príncipio ao fim – Millôr Fernandes
213. Aline e seus dois namorados – Adão Iturrusgarai
214. A juba do leão – Sir Arthur Conan Doyle
215. Assassino metido a esperto – Raymond Chandler
216. Confissões de um comedor de ópio – Thomas De Quincey
217. Os sofrimentos do jovem Werther – J. Wolfgang Goethe

218. **Fedra** – Racine – Trad. Millôr Fernandes
219. **O vampiro de Sussex** – Sir Arthur Conan Doyle
220. **Sonho de uma noite de verão** – W. Shakespeare
221. **Dias e noites de amor e de guerra** – Eduardo Galeano
222. **O Profeta** – Khalil Gibran
223. **Flávia, cabeça, tronco e membros** – Millôr Fernandes
224. **Guia da ópera** – Jeanne Suhamy
225. **Macário** – Álvares de Azevedo
226. **Etiqueta na Prática** – Celia Ribeiro
227. **Manifesto do partido comunista** – Marx & Engels
228. **Poemas** – Millôr Fernandes
229. **Um inimigo do povo** – Henrik Ibsen
230. **O paraíso destruído** – Frei Bartolomé de las Casas
231. **O gato no escuro** – Josué Guimarães
232. **O mágico de Oz** – L. Frank Baum
233. **Armas no Cyrano's** – Raymond Chandler
234. **Max e os felinos** – Moacyr Scliar
235. **Nos céus de Paris** – Alcy Cheuiche
236. **Os bandoleiros** – Schiller
237. **A primeira coisa que eu botei na boca** – Deonísio da Silva
238. **As aventuras de Simbad, o marújo**
239. **O retrato de Dorian Gray** – Oscar Wilde
240. **A carteira de meu tio** – Joaquim Manuel de Macedo
241. **A luneta mágica** – Joaquim Manuel de Macedo
242. **A metamorfose** *seguido de* **O veredicto** – Kafka
243. **A flecha de ouro** – Joseph Conrad
244. **A ilha do tesouro** – Robert Louis Stevenson
245. **Marx - Vida & Obra** – José Arthur Giannotti
246. **Gênesis**
247. **Unidos para sempre** – Ruth Rendell
248. **A arte de amar** – Ovídio
249. **O sono eterno** – Raymond Chandler
250. **Novas receitas do Anonymus Gourmet** – J. A. Pinheiro Machado
251. **A nova catacumba** – Sir Arthur Conan Doyle
252. **O Dr. Negro** – Sir Arthur Conan Doyle
253. **Os voluntários** – Moacyr Scliar
254. **A bela adormecida** e outras histórias – Irmãos Grimm
255. **O príncipe sapo** e outras histórias – Irmãos Grimm
256. **Confissões** *e* **Memórias** – Heinrich Heine
257. **Viva o Alegrete** – Sergio Faraco
258. **Vou estar esperando** – Raymond Chandler
259. **A senhora Beate e seu filho** – Arthur Schnitzler
260. **O ovo apunhalado** – Caio Fernando Abreu
261. **O ciclo das águas** – Moacyr Scliar
262. **Millôr Definitivo** – Millôr Fernandes
263. **O foguete da morte** – Ian Fleming
264. **Viagem ao centro da terra** – Júlio Verne
265. **A dama do lago** – Raymond Chandler
266. **Caninos brancos** – Jack London
267. **O médico e o monstro** – Robert Louis Stevenson
268. **A tempestade** – William Shakespeare
269. **Assassinatos na rua Morgue e outras histórias** – Edgar Allan Poe
270. **99 corruíras nanicas** – Dalton Trevisan

271. Broquéis – Cruz e Sousa
272. Mês de cães danados – Moacyr Scliar
273. Anarquistas – vol. 1 – A idéia – George Woodcock
274. Anarquistas – vol. 2 – O movimento – George Woodcock
275. Pai e filho, filho e pai e outros contos – Moacyr Scliar
276. As aventuras de Tom Sawyer – Mark Twain
277. Muito barulho por nada – William Shakespeare
278. O grande Gatsby – Scott Fitzgerald
279. Autobiografia de Alice B. Toklas – Gerdrute Stein
280. O chamado da floresta – Jack London
281. Uma agulha para o diabo – Ruth Rendell
282. Verdes vales do fim do mundo – Antonio Bivar
283. Ovelhas negras – Caio Fernando Abreu
284. O fantasma de Canterville e outros contos – Oscar Wilde
285. Receitas de Yayá Ribeiro – Celia Ribeiro
286. A galinha degolada ***seguido de*** **Heroísmos** – Horácio Quiroga
287. O último adeus de Sherlock Holmes – Arthur Conan Doyle
288. Anonymus Gourmet ***em*** **Histórias de cama & mesa** – José Antonio Pinheiro Machado
289. Topless – Martha Medeiros
290. Mais receitas do Anonymus Gourmet – José Antonio Pinheiro Machado
291. Origens do discurso democrático – Donaldo Schüler
292. Humor politicamente incorreto – Nani
293. O teatro do bem e do mal – Eduardo Galeano
294. Garibaldi & Manuela – Josué Guimarães
295. 10 dias que abalaram o mundo – John Reed
296. Numa fria – Charles Bukowski
297. Poesia de Florbela Espanca – volume 1– Florbela Espanca
298. Poesia de Florbela Espanca – volume 2– Florbela Espanca
299. Escreva certo – Edison de Oliveira
300. O vermelho e o negro – Stendhal
301. Ecce Homo – Friedrich Nietzsche
302. Comer bem, sem culpa – Dr. Fernando Lucchese, A. Gourmet e Iotti
303. Desembarcando o Diabetes – Dr. Fernando Lucchese
304. O reino das cebolas – Cintia Moscovich

Coleção L&PM POCKET / Gastronomia

1. 100 receitas de macarrão – Sílvio Lancellotti
2. 160 receitas de molhos – Sílvio Lancellotti
3. 100 receitas light – Helena e Ângela Tonetto
4. 100 receitas de sobremesas – Celia Ribeiro
5. Mais de 100 dicas de churrasco – Leon Diziekaniak
6. 100 receitas de acompanhamentos – Carmen Cabeda

Coleção L&PM POCKET / Saúde

1. Pílulas para viver melhor – Dr. Fernando Lucchese
2. Pílulas para prolongar a juventude – Dr. Fernando Lucchese

IMPRESSÃO:

GRÁFICA EDITORA
Pallotti
IMAGEM DE QUALIDADE

Santa Maria - RS - Fone/Fax: (55) 222.3050
www.pallotti.com.br

Com filmes fornecidos.